神さまの探しもの
扇風気周

神さまの探しもの

扇風気周

プロローグ『全て』の始まり

五月。新たな出会いと別れが交錯する四月が終わり、大型連休も去って徐々に落ち着きを取り戻すころ、特異な存在が、とある大きな商店街の中を駆けずり回っていた。

「こんにちはっ！　商店街のみなさん、こんにちは！　はじめまして！」

選挙時の候補者のような挨拶《あいさつ》を、走りながら大声で叫んでいる。

見た目は小さな女の子である。小学校に上がったばかりと思《おぼ》しきくらいの背丈で、深い赤色のワンピース――首元が黒いセーラー襟になっている服に、ぴったりと足に張り付く黒いタイツを合わせた服装で、彼女はとてとてと商店街を走り回っている。

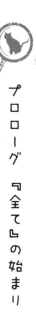

両脇に昔ながらの店が建ち並び、頭上に雨除《あまよ》けのアーケードが広がる赤レンガの歩道の上を移動していた。

髪は黒で、肩の位置よりも少し長い。切《き》り揃《そろ》えられた前髪が、振動でさらさらと揺れている。商店街のひとたちにとっても見慣れない子だった。そして、聞き慣れないことも言っていた。

「私の名前は、見つけるさんですっ！　新しい神様です！　失《な》くし物《もの》を一緒に探します。物品限定ですが、何かを失くされた方はぜひ頼ってください！　お願いします！」

　遭遇した買い物客や店主たちは怪訝《けげん》な顔をしたあと、「微笑《ほほえ》ましいものを見た」と言いたげに、すぐに頬《ほお》を緩ませた。小さな女の子のごっこ遊びだと解釈したからだ。

　彼らは元気よく走り去る彼女から目を離し、仕事や買い物に戻った。だから彼女――見つけるさんが突然立ち止まったことに気付いた者は、あまりいなかった。

　走り続けていた見つけるさんは振り返って、「あのっ、すみません！」と、すれ違ったばかりの老婆の背中に向けて声を張り上げた。

「落としましたよ！」

　レンガ道の隙間《すきま》に落ちていた何かを拾い上げる。ちりん、と小さな音が鳴った。鈴だった。その音を聞いて、おや？　と立ち止まった老婆が振り返る。

「……ひょっとして、落ちたのはあたしの鈴かい？」

「はいっ！　あなたの――」と言い掛けた状態で、見つけるさんの言葉が一瞬止まった。振り返った老婆の目。サングラスの奥に並ぶ両目が不自由なのだと、手にしている白杖《はくじょう》と立ち振る舞いから悟ったためである。

「杖につけていた紐《ひも》が切れたんでしょうかね。お持ちの鞄《かばん》の中に入れておきますか？」

「うん。親切にありがとねぇ。お嬢ちゃんは優しいね。学校はもう終わったのかい？」

背丈がわかる程度の視力はあるのか、あるいは、声の感じから想像したのか。

どちらにせよ、見つけるさんの言葉は決まっていた。

「いえっ！　私は神様なので、学校には通っていません！」

老婆は数瞬考えた後、商店街の他の人々と同じ解釈をして、同じように微笑んだ。

「おやぁ。そうかいそうかい、神様なのかい」

「はいっ！　見つけるさんです！　まだ新米の神様ですが、失くし物を一緒に探します！　落とし物ももちろん探します！　よろしくお願いします！」

見つけるさんは笑って、老婆は微笑んでいる。これが全ての始まりだった。

ひとによって頻度《ひんど》の違いはあるが、生きていると失《う》せ物《もの》をする場面には遭遇する。

大切に保管しているものを失くすことはそうそうないが、些細《ささい》なものをあげると心当たりがあるはずだ。それほど重要ではない書類やプリント、普段は使っていない文具に、自転車の鍵——そういったものだろうか。

大切に取り扱っているものでも、忽然《こつぜん》と消えてしまうことがあるから油断ならない。

時には、失った何かの存在自体を忘れてしまって、あとになって失くしたことに気が付くこともある。それはモノではなく、心や感性といったものかもしれない。

個人の性格や、人生において積み上げてきた経験による差異はあれど、生きている限り、誰もが何かを失くしながら生きている。

みんな、思わぬ場面で思わぬモノを失くしている。

そして、何かの拍子にそれに気付き、後悔したりもする。

失くし方に様々な種類があるように、見つけ方や、拾い方にも多くの道がある。

みんな、思わぬ場面で思わぬひとと出会う。思わぬ何かを拾い、見つけ、取り戻す。

――商店街の人々は、まだ知らない。

――見つけるさんが本当に神様で、強い神通力を持つ存在であることを。

――多くのことを学んで、商店街の人々を救っていく存在になっていくことを。

今はまだ、誰も信じていない。

桜が散って、風が新緑の匂《にお》いを含む五月。

この季節から全てが始まっていたことを、今はまだ、誰も知らない。

これは失くした人々と、失ったモノを共に見つけてくれる小さな神様の物語である。

一件目　思い出の絵本

見つけるさんは、生まれたばかりの新米神様だ。それにも関わらず、強い神通力を持っている。だが、いきなりひとりで活動するのは許されなかった。一人前になるまでは先人のもとで修行せよ、というのが天上の意思だった。

彼女の修行の場として選ばれたのは、日《ひ》立門《たちもん》商店街と呼ばれる場所だった。

第二次世界大戦直後から発足したと伝えられる、歴史ある商店街らしい。全国に存在する多くの商店街が戦後のヤミ市から発展したとされているが、日立門商店街もその類《たぐい》だ。見つけるさんは、自らをこの場所へ連れてきた五穀《ごこく》と養蚕《ようさん》の神・ワクムスビからそう教えられた。

見つけるさんはワクムスビと由緒が交わっていないが、縁あって彼の眷属《けんぞく》として迎えられた。ワクムスビは、生まれたばかりの見つけるさんを導く役目を担《にな》っている。

商店街の路地裏で、背の高いワクムスビを見上げながら、見つけるさんは尋ねる。

「私を遣《つか》わすということは、商店街は寂《さび》れているのですか？」

いいや、そうではない。とワクムスビは見つけるさんに返答した。日立門商店街はいわゆるシャッター街ではなく、店の多くは健在だ。小学校から大学まで、色んな種類の学校が近隣に点在している。若い人間や家族連れが集まりやすい。駅が近いのも強みだ。都心とは言《い》い難《がた》いが、ベッドタウンとして十二分に機能している。

店主の多くが高齢化していて、数年後には世代交代が必要な見込みではあるが、今すぐに廃《すた》れることはないだろう、とのことだった。商店街の組合の力もそこそこ強い。そういった具合にうまくいっているのは、他ならぬ店主たちや組合の努力はもちろんのこと、商店街を古くから見守っている神様――見つけるさんの先輩のおかげだった。その神様は、ワクムスビと見つけるさんが会話しているのを黙って眺めている。

「それで、私はいったい、どうすれば一人前として認めてもらえるのでしょう？」

「そなたがひとに寄り添い、ひとを幸せにできる存在だと我々に証明すればいい」

「なるほど。人々を幸せにするのは、私の最終目標とも一致しています。……要は、誰かのお役に立ち続ければいいのですね？　そうして認められたら、私はあなた方の監視を受ける必要も、許可を得る必要もなくなる。思うがままに人々を幸せにできる。そうですね？」

「そういうことだ。もっとも、それを成すには個々人からの信仰が不可欠だろうがな」

「お任せください！　やってみせますよ！　すぐに一人前と認めてもらいますから！

……で、何を以《もっ》て一人前と判断するんです？　どういう基準で審査するんです？」

「それは、この地の守り神に一任している。説明してやれ」

命じられた見つけるさんの先輩は、見つけるさんにメモ帳のようなものを渡した。

「なんですか、これ」

卓上メモのような形状だが、ページは切り離せないようになっている。

表紙には朱肉で肉球のスタンプが押してあった。中を確かめてみると、商店街のスタンプカードのような印字がされていた。一ページに四角い囲みが四枠用意されているだけの簡素な作りだ。それが全部で、二十五ページ。

——依頼をひとつ解決するごとに、ボクがスタンプをひとつ押そう。

——ボクが百個押したら晴れて一人前の神様、ってことにするよ。

「わっかりました！　では、さっそく街のみなさんに自分を売り込んできますね！」

言うや否《いな》や、見つけるさんは猛ダッシュで路地裏から商店街の大通りへ飛び出した。

新米神様に必要なのは礼儀でも神通力でもなく、自らを知ってもらうことだった。

これが、先ほど見つけるさんが商店街を駆けずり回っていた理由だ。自分が何をできる存在なのかを人々に伝えて、自分を頼ってもらおうというのが狙《ねら》いだった。新しい店を構えたようなものである。

ひとしきり商店街を走り回ったあと、見つけるさんは長い階段を一段ずつあがっていた。小高い丘の上にあるのは日立門神社。駅前を商店街の入り口とするなら、日立門神社は商店街の最奥だった。その境内には見つけるさんの監督を命じられた、見つけるさんの先輩——商店街の守り神が住んでいる。

鳥居をくぐって境内に入ると、石畳《いしだたみ》の道が建物まで続いている。神社では祀《まつ》られている神のご神体を置く本殿と、参拝客が手を合わせる拝殿が分かれていることが多い。しかし、日立門神社は拝殿を持たない神社で、本殿の手前に賽銭箱《さいせんばこ》が置かれている。つまり、鳥居の場所から見えているのは、日立門神社の本殿になる。中に猫の像がご神体として置かれていることを知っているのは、商店街の組合員たちだけだ。

商店街を一望できる境内には、そこら中に野良猫がたくさんいる。右を向いても左を向いても、猫だらけだった。猫たちは本殿の周りにもぺたりと寝転んでいたりするが、不思議と本殿の屋根の上をはじめ、神様に対して失礼な場所には陣取っていない。

それもそのはず、この野良猫たちは皆、先輩神様の眷属だった。

「あ、やっと帰ってきたね」

本殿の方から、紫色の袴《はかま》と紺色の装束を着た老人が歩いてくる。顎《あご》から白く長いひげを伸ばした、ひとの良さそうな背の低い男性だ。

「……どなたです？」

「おっと、ごめんごめん」

見つけるさんに問われた老人は、周囲にひとがいないことを確認してから、どろんと消えた。

目をぱちくりさせる見つけるさんに、「こっちこっち」と足下から声が掛けられる。視線を下げると、真っ白な毛並みの猫がいた。赤い瞳が印象的な美猫だった。見つけるさんに『言葉』を掛けたのは、この猫だった。あぁ、と見つけるさんが安堵《あんど》する。

「うん、やっぱりボクは猫の姿の方が落ち着くね。……で、成果はどうだった？」

「バッチリでしたとも！　これで私を頼る人々がいっぱいになるはずです！」

「ふぅん。だといいけど。早くボクからお小遣いを貰《もら》うのを卒業しないとね」

ぐぬぅっ、と見つけるさんが少女らしからぬ呻《うめ》き声《ごえ》を上げた。

「もうっ……ニィさん、意地悪ですよ」

ニィさんと呼ばれた猫神は、尻尾《しっぽ》を振り振り、小さなお尻《しり》を見つけるさんに向けて、本殿へ戻っていく。見つけるさんとは違った方向性で愛くるしい姿をしているが、数十年前から神様をやっている働き者――とワクムスビから紹介された。

「いや、ボクは大したことのない神様だよ。猫をまとめるだけしか能のない、歴も浅い神様さ」というのがニィさんの自己紹介だった。

――じゃあ、そんな神様に監督される自分はなんなのか。

――大したことのない神様よりも、もっと未熟者だとでも⁉

これを見返したい、というのが見つけるさんのモチベーションだったりする。

燃えている見つけるさんをよそに、ニィさんは飄々《ひょうひょう》とした様子で境内を見回す。

「ほら、みんな。そろそろ交代の時間だろう。ぼちぼち商店街の方へ行ってあげな」

ニィさんが野良猫たちに呼び掛けると、ゴロゴロしていた猫たちがだらだらとした様子で、しかし確実に起き上がり、境内から商店街の方へ向かう。実は、日立門商店街には立地や環境の他にもうひとつ、他の商店街にない強みがある。

日立門商店街には野良猫がたくさんいる。しかも、彼らはひとを恐れず、撫《な》でさせてくれるし、愛想よく振る舞ってくれる。多少の個体差はあるが、スマホの自撮りにも応えてくれる。理由は、猫神のニィさんがそのように指導しているからだ。

「ネズミと虫を捕まえて、人間に愛想よくしてごらん。勝手に向こうから親切にしてくれるから。で、ボクらが親切にしていたら、猫好きの奴《やつ》らが外から集まって、土地が潤《うるお》う。土地が潤ったら、ボクらにも餌《えさ》をくれるから」

かく言うニィさんも、猫に由来がある神様である。

日立門神社は養蚕の神、金色姫命《こんじきひめのみこと》を祀った蚕影《こかげ》神社の分社で、ニィさんは金色姫命の眷属神にあたる。ワクムスビも養蚕に所縁のある神様だ。

日立門神社は迷い猫を家に戻す『猫返し』に強いご利益があるとされ、愛猫を見失って途方に暮れる飼い主が訪れる。招き猫にちなんで、商売繁盛にもご縁があると商店街の人々は信じている。組合が困ったとき、猫神が夢枕に立って何度も助けてくれた、という逸話もある。

猫が住む商店街。猫好きが集まる商店街。それが、日立門が誇る特色なのだ。

先ほど、見つけるさんが商店街を走っていたときも道端には多くの猫たちがいた。ニィさんの教えに従って、店主や客にお愛想していたのだ。境内の猫たちを商店街に向かわせたのは、『お役目』の交代をさせるためだ。猫たちの仕事もアルバイトよろしく、交代制なのだった。

「さて、猫たちはこれでよし。次はキミだよ、見つけるさん」

「はい？　私が、何か？」

「あのね、元気があるのはいいんだけどね……この現代社会で、神様がいきなり『自分は神様です！』って突撃するぅ？　受肉《じゆにく》しているからみんなの目には触れるんだけど、たぶん誰も信じてないよ？　可哀想《かわいそう》な子と思われるか、子供のごっこ遊びだと思われるのが関の山さ」

「そ、そんなことは！　……あるんですかね？」

「あるだろうね。ほんとは物知りなんだから、焦らず、もうちょっと考えて行動するように。いいね？」

——文句をつけるなら、行く前に言ってくれればいいのに。

「ちなみに、ボクが老人の姿で受肉していたのも、キミのためだからね。……話も聞かずに飛び出されて、本当に大変だったんだよ」

ため息をついたあと、ニィさんは咳払《せきばら》いをひとつ挟んだ。

「キミの姿で四六時中商店街を歩き回ってたら、悪い意味で噂《うわさ》になる。……いったいどこの子だ、学校はどうしてるんだ、ってね。だから、適当に話をでっちあげといた。ボクは、今まで商店街の組合に任せきりだったこの神社に派遣された、年老いた神主。で、キミはその神主が預かっている親戚の子。家庭事情が複雑だからあまり詮索《せんさく》しないでね、って商店街の組合に挨拶してきたよ。キミとボクは、あそこの家に住むってことにしといたから」

言いながら、ニィさんは境内の一角に建つ、古い木造の一軒家を前足で指差した。

「しばらく誰も使ってなかったけど、商店街のひとがちゃんと掃除してくれてたから中は綺麗《きれい》。家具もあるし、水道も電気も通っている。クーラーもあるから、あそこで寝泊まりしてね。素性を怪《あや》しまれたときや自己紹介するときは、いま説明した設定で乗り切るように。名前はミツ子って言っといた。見つけるさんだから、ミツ子ね」

「……センスの欠片《かけら》もない安直なネーミングですね」

「いきなり神様ですって自己紹介する誰かさんよりは、慎重で賢いと思うけどね」

口を尖《とが》らせる見つけるさんだったが、ニィさんは尻尾の先をゆらゆら揺らしながら、

「とはいえ」と言い直す。

「そのめちゃくちゃな自己紹介が、結果的には良い方へ転ぶかもしれないけど」

「……と、言いますと？」

「ごっこ遊びに興じる小さな子供になら、ちょっとした探し物を手伝わせる気分になるかもしれない。……あと、本当に困って行き場を失っているひとなら、わらにもすがる思いで、キミみたいな奴にも助けを求めるかもしれない」

「……なるほど」

「ま、第一関門は突破ってところかな。まぐれくさいけど」

「……ん？　ひょっとして、これも試験の一部だったんですかッ？」

「さてね。答えは神のみぞ知る、ってことにしておくよ」

ニィさんが気取って言った瞬間、ぐぅ、と腹の虫が鳴いた。

「……お腹《なか》が空《す》いたみたいだね」

真っ赤になっている見つけるさんの代わりに言って、ニィさんが境内へ足を向けた。

「何か食べに行こうか。受肉するのは久しぶりだし、ボクもご飯が楽しみなんだよね」

軽やかな足取りで階段へ向かう。鳥居をくぐるころに、見つけるさんが隣に並んだ。

「どこか行きたいところ、あるかい？」

「ラーメン屋さんがいいです」

並んで、階段を下っていく。空は突き抜けるような快晴だった。


見つけるさんが選んだラーメン屋・みさき亭は、商店街の大通り――本通りと銘打たれた、長い道の中ほどにある。シンプルな昔ながらのしょう油ラーメンを売りにするお店で、定番の赤いのれんに、少し立て付けの悪い引き戸が入り口を装っている。

「さっきボク、受肉してご飯食べるの久しぶりだから、食事が楽しみって言ったよね」

ニィさんが、見つけるさんにだけ聞こえるように話している。

「言いましたけど？」

「なのに、猫にラーメン？　……いや、いいんだけどさ。ちなみに、どうして即決でラーメン？　他のお店は？」

「興味がないわけじゃないですけど、走りながら調べた結果、このお店が一番コスパよさそうなんです。お昼は一杯三八〇円、百円で半チャーハン！　さらにプラス五〇円で普通チャーハンですよ⁉」

「……見かけによらず食いしん坊なんだね、キミ」

「しょうがないじゃないですか。……しばらくはニィさんのお布施を分けてもらうしか、収入がないって言われましたし。それでも、お腹は減るわけですし」

日立門神社は特定の神主を持たず、商店街の組合が当番制で掃除や管理を行ってきた。しかし、賽銭箱の中身の行方は誰も知らない。朝になると、いつの間にか空《から》になっている。人間たちは『商店街の七不思議』にカウントしているが、ニィさんがこっそり全額貯金しているのだ。

「ぐだぐだ言ってないで入りますよ。お腹が空いたんです！　私は！」

ぷんすかと頭から湯気を立てながら、見つけるさんが引き戸を開く。がらら、と教室の戸が開くような音のあとに、むわっとしたラーメンの匂いが押し寄せてきた。

「あらっ、いらっしゃい！」

愛想よく笑顔で声を掛けてくれたのは、みさき亭の看板娘だ。エプロンと三角巾を着けて所帯じみてはいるが、年齢はまだ若い。細身でスタイルも良く、美人だった。

店内はカウンター席が中心で、奥に家族連れ用の座敷が見える。カウンター席は端からひとつずつ飛び石でお客が座り、ラーメンをすすっている。一番奥の席が三つ並んで空《あ》いていた。

「猫も一緒なのね。ミルクでいい？」

「はいっ！　……よかったですね、ニィさん！」

ニィさんはごろごろと喉《のど》を鳴らし、ぺこりと頭を下げた。店には猫用のエサ皿が用意されていて、看板娘がミルクを注いで用意してくれる。これも、日立門商店街ならではの光景だった。

その間に、見つけるさんは少し高い丸椅子《まるいす》によじ登った。成功すると、ふぅ、と一息つく。そのタイミングを見計らって、カウンターの奥から店主がお冷とおしぼりを差し出してきた。ねじり鉢巻きをした強面《こわもて》の店主だった。如何《いか》にも頑固そうな、角刈りで白髪交じりの親父だ。しわがれた低い声で、見つけるさんに尋ねてくる。

「注文は」

「はいっ！　しょう油ラーメンに、半チャーハンで！」

「あいよ。陽子《ようこ》！　半チャーハン一丁！」

「あいよぉっ」

　ニィさんのミルクを見つけるさんの足元に置いて、陽子と呼ばれた看板娘はコンロの前へ走る。店主がラーメンを茹《ゆ》でて、娘がご飯ものを作る。おぉ……と見つけるさんは目を見張る。言葉を交わさなくても、同じタイミングで料理が出るよう構築された、息の合った動きになっていた。見つけるさんは足をぶらぶら揺らしながら、楽しそうに見つめている。

　注文したものが出てきたあと、見つけるさんは麺《めん》をふぅふぅと冷まし、半チャーハンの山をレンゲで細かく刻み始める。他の客よりもゆっくりしたペースだが、確実に皿の中身を減らしていく。

　見事に平らげたころには、他の客はいなくなっていた。見つけるさんは、ふはーっ、と満足そうにお腹を擦《さす》っている。本当はデザートの杏仁豆腐《あんにんどうふ》が食べたいが、他人様《ひとさま》の、監督者のお金で贅沢《ぜいたく》をするのはためらわれた。我慢我慢、と心中で呟《つぶや》いていると——

「ねぇねぇ、これ、よかったら食べてくれない？」

看板娘の陽子が、冷蔵庫で冷やしていた杏仁豆腐を笑顔で見せてくれた。

「い、いいんですか……？」

「うん。今日は売れ残りそうだから、私のおごり。お父さん……店長には内緒ね？」

神様が人の子から施《ほどこ》しを受けるなんて！　──という考えは、瞬時に捨てた。

「はいっ！　ありがとうございます！」

よく冷えたお皿に指を添えて、小さなスプーンで柔らかな甘味をすくい、口に運ぶ。

「おいしいっ、おいしいですっ！」

……ニィさんが、少し羨《うらや》ましそうな視線を足下から送っていた。

食べ終えてレジでお金を払う際、見つけるさんは改めて陽子にお礼をした。厳《いか》つい顔の店長は休憩中なのか、店の裏口から出て行ったあと、帰ってきていない。

「この御恩は一生忘れません！」

「あはは。大げさだなぁ、もうっ。あ、そういえばさっき、商店街の中を走り回ってたでしょ。見つけるさんです！　神様です！　って」

「あ、聞こえてましたか？　そうなんですよ！　失くし物を見つける、見つけるさんです！　何かあれば、すぐに呼んでくださいね！」

「ふふふ。ありがとうね。元気がいいね。私もお店で待ってるから、また来てね！」

「はいっ！　明日も来ます！」

背後でニィさんが小さくため息をついたが、見つけるさんは無視した。

小銭入れにしているがま口巾着をしまいつつ、店の出入り口へ向かう。

見つけるさんが引き戸に手を掛け、開く前に、扉ががらりと開いた。入ってきた人物とぶつかりそうになって、「わっ」と見つけるさんは少し後ずさった。

「おっと、すまん。大丈夫かい？」

片目にモノクルを着けた、品の良さそうな老人が謝ってくる。「大丈夫です」と返すと、老人は見つけるさんを先に店から出させてくれた。

老人のあとには、背の高い青年が続いた。

「おう、時計屋か。どうした、弟子と揃いで」

「店をかみさんに任せて昼飯だよ。まだお昼、やってるよね？」

戻ってきた店長と老人のやり取りが、閉まっていく引き戸の隙間から聞こえてきた。

「時計屋さんと、そのお弟子さんですか。あの方々も商店街のひとたちなんですね～」

「ん、まぁね。……明日もお昼はラーメン……ボクもミルクか……はぁ……」

ニィさんの小言を無視した見つけるさんは、満腹で上機嫌のまま境内へ戻っていく。

翌日、見つけるさんは宣言通りにみさき亭でお昼ご飯を食べた。その次の日も、その次の日も。六日連続でお昼はラーメンになった。あの店が大好きだった。

七日目のお昼もそうだった。……異変は、そのときにやってきた。

……おや？　と見つけるさんが首を傾《かし》げたのは、みさき亭に入ったときのことだ。

「あら、いらっしゃい」と声を掛けてくれた看板娘――陽子の様子がおかしい。

明らかに元気がない。疲れているのだろうか。そう思って原因を追求しなかったが、異変はそれだけではなかった。

店主から飛ぶ「陽子、半チャーハン」の声も威勢が良くない。陽子に至っては返事をせず、無言で中華鍋の前に立って作業するだけだった。……空気が重かった。

それでも、料理はきちんと出てくる。……美味ではあったが、いつもよりおいしく感じられない。味ではなく、気分の問題だった。

困惑しながら見つけるさんが食事をしていると、店長が「陽子」と勝手口の方へ彼女を呼び、二人は外へ出て行った。……しばらくすると、陽子だけが帰ってきて、三角巾とエプロンを置いて、再び足早に出て行った。その後、店には店長だけが残った。

食べ終わったあと、会計は店長がしてくれた。「また来てやってくれ」と声を掛けられたが、陽子と比べると、心地よくはなかった。

「……いったい、どうしたのでしょうね」

店を後にしながらニィさんに尋ねてみたが、「さてね」と気のない言葉が返ってきた。むうぅっ、と膨《ふく》れながら、境内へ戻る――その途中、みさき亭と隣の店の間にある、小さな道にふと目が留まった。道というよりは、隙間と言うべき空間だった。小さな子供や野良猫しか通れなさそうな、狭い路地だった。

見つけるさんは誰かの声を聞いた気がして、靴や服が汚れるのも構わず、その道へ足を踏み入れた。ニィさんもついてくる。道の終端に到達して顔を出し、左右へ目を走らせると、みさき亭の勝手口が見えた。その隣で、陽子がグズグズと鼻を鳴らし、涙を拭《ぬぐ》っている。見つけるさんは迷うことなく、彼女に歩み寄って声を掛けた。

「……どうしたんですか？」

え、と陽子が目を向けてきた。

「あ……今日も来てくれてたよね、ごめんね、なんでもないの」

無理に平静を装う姿に、見つけるさんは無言で答えた。すると、陽子は困ったように笑って、小さく首を振った。

「泣きながら『なんでもない』はないよね。気遣ってくれてありがとう。……お父さんとちょっとケンカしただけなの。せっかくお店に来てくれたのにごめんね。嫌な思いさせちゃったね」

「そんなことないです。ラーメンと半チャーハン、おいしかったです」

「よかった。明日からはお姉さん、ちゃんとやるから。よかったら明日も来てね」

「はい！　……明日も来ます。だから、安心してください」

慰めるつもりで掛けた言葉だった。通じてくれたのか、陽子は少しだけ、いつものように微笑んでくれた。

「優しいね」

「はいっ！　神様ですから！　優しいのは当然です！」

ニィさんの忠告を完全に無視した発言だったが、陽子は咎《とが》めない。

「あ、今日もやってるの？　えぇと……失くし物を見つける神様っていうやつ……」

子供相手とはいえ、ごっこ遊びと直接言うのは失礼だと思ったらしく、陽子は回りくどい言い方をした。それを意に介さず、見つけるさんは笑顔で頷《うなず》いた。

「はいっ！　年中無休です！　新米ですけど、神様なのでちゃんと見つけてみせます」

「……そっか。見つけてくれるんだ。すごいね」

元気が自慢の看板娘。毎日通ったお店の、されど、数度会っただけの娘——だが、見つけるさんは彼女の願いを見逃さなかった。

「ひょっとして、何かを探していますか？」

陽子の表情が、わかりやすく曇った。それが、見つけるさんには助けを求めているように見えた。

「よろしければ、私を頼ってくださいませんか？」

「え、でも……」

「杏仁豆腐と、いつもおいしいご飯を頂いているお礼です！　必ず見つけてみせます」

ただのごっこ遊びだと思うのが普通だ。だが、本当に困って行き場を失っている人間は、わらにもすがる気持ちで、やはり思うのだ。

——頼ってみよう、と。

商店街を長年見守ってきたニィさんは、それを経験で知っている。神という、人間にとって不確かな存在を続けてきたニィさんにはわかっている。だから、『第一関門は突破』だったのだ。

陽子はしばらく黙り込んでいたが、やがて「……そうね」と頷き、子供の遊びに付き合うような調子で続きを告げた。

「ひとりで探すのも疲れちゃったし、私の家で宝探しに付き合ってもらおうかな。夜の営業までに切り替えろって言われたから、夕方までお休みなの。手伝ってくれる？」

見つけるさんの最初の依頼人が決まった瞬間だった。

ラーメン屋を営む親子の自宅は、商店街の周りに広がる住宅地の一角にあるそうだ。店がある商店街の本通りから外れて、何度か道を折れた先に一軒家が連なる道路がある。白線の内側を歩く陽子のあとを、見つけるさんとニィさんが早足でついていく。陽子は、後ろを振り返りながら緩やかな歩調で歩いている。

「あそこに見えるのがウチよ。お父さんって、先代のラーメン屋さんに弟子入りしてたんだけど、前の店主さんからお店と一緒に家も譲ってもらったの。……もう病気もしてるし、老い先短いから、って。外見は古い木造住宅だけど、中は意外と広いのよ」

遠くから見ると、確かに古い二階建ての家に見える。しかし、近付くにつれ、壁に使われている木材の木目もよく、陽子の説明よりも上品に見えた。玄関はラーメン屋と同じ、引き戸になっているようだ。……その引き戸の前に、誰かが立っていた。

背の高い、若い男性だ。

——はて、どこかで見た覚えがあるような？

見つけるさんが首を傾げるのと同時に、陽子が「トモっ！」と名前を呼んだ。

「あ……ごめんなさい、ちょっと待ってね。お客さんみたい」

陽子は振り返り、早口で説明を済ませて、青年の方へ駆け寄っていく。

……話し声が、風下の見つけるさんの耳に届いてくる。

「ごめん。昼休みだし、そろそろ家に戻るころかなって」

「ううん、大丈夫。……お父さんと鉢合わせしなくてよかった」

「……いや、それならそれでよかったんだ。これを返しにきただけだから、親父さんに渡しても一緒だ」

言いながら、トモは昔ながらの風呂敷包みを陽子に手渡した。大きさからして、弁当箱のようだ。

「おいしかった。いつもありがとう」

「ううん。……どうしたの？　いつもだったら、私が取りに行くまで待ってるのに」

「……最後だから、どうしても直接伝えたかった。明日からはもう、作らなくていい」

陽子の身体が、はっきりと強張《こわば》った。

「お願い、そんなこと言わないで」

切羽詰まった様子で、陽子はトモにすがる。

「明日も作る。お父さんは必ず説得するから……お願い、信じて待ってて」

「でも……」

「お願い。……お願いだから」

「……わかった。また連絡する」

トモは陽子に手を優しく重ねてから、見つけるさんたちの方へ——商店街の方へ歩いていく。すれ違う際、一瞬だけ見つけるさんと目が合った。

——あっ！　何日か前にラーメン屋で会った時計屋さん！　の、お弟子さん！

「……ごめんね、変なところ見せちゃって」

声を掛けられて前を向くと、陽子が中腰になり、苦笑まじりに話し掛けてきていた。

「鍵開けるから入って。……がんばって、探してみて」

息が合っていたはずの父親とのケンカ。娘と親しそうな青年の影。そして、探し物をしている娘。見つけるさんは状況を頭に思い浮かべながら、お邪魔します、と一礼して家へ上がった。


おばあちゃんの家の匂いがする懐かしい家屋——ひとによってはそのように表現するであろう家は、優しい雰囲気を伴《ともな》っていた。家には誰もいないらしく、陽子は見つけるさんを二階へ案内する。

「……探しているのは絵本なの」

「絵本、ですか」

やや急な階段をあがり、廊下を進んで、陽子は突き当たりのドアの前で止まった。

「そう。お母さんがたくさん残してくれた中の一冊。……入って」

扉を開けると、すすけた匂いが鼻をくすぐった。古い紙の匂いだ、と見つけるさんは直感した。陽子が薄暗い部屋を進み、二重になっているカーテンを開くと——

「わっ」

見つけるさんが思わず声を上げる。部屋の壁際には空になった本棚があり、床には本が多く積まれていた。表紙にはひらがなの題字と、子供向けの挿絵が描かれている。

「まさかこれ……全て絵本ですか？」

「そう。お母さんが持ってたものよ」

「えぇと……こんなに？」

「うん。びっくりするよね。お母さん、本を読み聞かせるのが好きでね。私にたくさん読んでくれた。商店街でお店やってるひとたちの子供を預かることもあったんだけど、そのときにもよく読んでたんだって」

陽子は少し嬉《うれ》しそうに話したあと、一転して寂しい表情になった。

「でも、私が小さいときに病気で死んじゃった。お父さんと幼馴染《おさななじみ》だったお母さん。

私はあんまり思い出せないんだけどね、絵本のことはお話と一緒によく覚えてるんだ」

「……その中の一冊を探すということは、読み返したい絵本があるんです？」

「ん……んー……そうなる、のかな」

「近いけど不正解、といった具合の返答ですね」

「うん、それはアタリ。読み返したいんじゃなくて、お父さんに読んでほしいの」

「それは、先ほどの時計屋さんが関係しているんですか？」

陽子は一瞬言葉を詰まらせたが、困ったように笑って、頷いた。

「うん、それもアタリ。なんか調子狂うなぁ。どうしたんだろ。あなたみたいな子供にべらべら話しちゃって……って言ったら失礼か。見つけるさんは神様だもんね？」

見つけるさんは、にっこり笑った。

「えぇ、神様です。だから、必ず探してみせますよ？」

「頼もしいなぁ、ほんと」

陽子も笑って返す。……勘のいい子供のごっこ遊びに付き合っている、というスタンスはまだ崩れていない。

「お父様とケンカされたのも、あの方が原因なんですね」

「うん、まぁ。……さっきのひと、菊谷《きくや》智成《ともなり》っていうの。時計屋のお弟子さん。私はトモって呼んでる。二年くらい前に商店街の近くに引っ越してきて、お店によく来てくれて、仲良くなって……こっそり付き合い始めたんだ。もう一年くらいになるかな」

「なるほどなるほど。……でも、お父様は反対されている？」

陽子が再び息を止めた。バツが悪そうに、頭をかいた。

「やっぱりわかりやすい構図なのかなぁ……こんな小さな子にもバレるなんて……」

ぶつぶつと小声で呟いた後、観念したように続きを話す。

「簡単に言えば、いまあなたが言った通り。私はトモが好き。結婚も考えてるひとがいるってお父さんに紹介した。でも、お父さんは反対している」

「何故《なぜ》です？　優しそうで、礼儀正しそうで、素敵な方だと思うんですけど……」

「うん……お父さんもそう思ってくれてたみたい。でも……」

陽子が、先を言うのをためらう。だが、すぐに思い直して続けた。

「……トモには、前科があるの」

「え。前科と言うと、刑務所に入っていたと？」

「うん。……って言っても、すごく悪いことしたわけでも、好きで悪いことしたわけでもないのよっ？　友達といるときに、悪いひとが友達に絡んじゃって、それを助けるために怪我《けが》させちゃったって……」

陽子が沈痛な面持ちで、一度言葉を切った。

「怪我させた相手がずいぶんタチの悪いひとだったみたい。大事《おおごと》にされちゃって、警察にも顔が利くし、どうしようもなかったんだって。悔しかった、って呟いてた。……前科がついちゃうと、履歴書に書かないといけないの。就職先もなかなかなくって……時計屋さんに弟子入りしてようやく落ち着けたんだって」

「そうでしたか……」

見つけるさんは思い返す。

陽子は先ほど、絵本を父親に読ませたいと言っていた。つまり——

「探している絵本は、お父様が彼とのお付き合いを認めたくなる内容なんですね？」

「そうっ！　その絵本、『オニさんおててをつなぎましょう』っていうタイトルなんだけど、知ってる？」

「いえ……すみません。どんなお話なんです？」

「とても単純なお話よ。……でも、とても大事なお話」

むかしむかし　あるところに　オニたちがいました。

オニは　にんげんに　わるさをするので　にんげんたちに　きらわれていました。

でも　オニのなかには　やさしい　オニもいます。
しろオニさんは　こまっているにんげんを　なんども　たすけました。
こわがられても　いやがられても　ひどいことをいわれても　たすけつづけました。
やがて　オニさんは　いわれました。オニさん　おててを　つなぎましょう。
しろオニさんは　とても　よろこびました。
しろオニさんは　もっと　ともだちを　だいじにするようになりました。
しろオニさんは　にんげんと　てをつないで　なかよく　しあわせにくらしました。

「……なかなかメッセージ性に富んだお話ですね」

「そうなの。私、このお話が小さいころ、大好きだったの。お母さんが一番多く読んでくれて、私も何度もせがんで読んでもらったんだ。そのときは、いつもお父さんも隣に呼ばれてたっけ。読み聞かせてくれたあと、お母さんいつも言ってた——見かけや噂でひとを判断しちゃいけない。みんなが悪く言うひとの中にはきっと、優しいひともいるんだよ——って」

「なるほど。陽子さんは、お父様にそのお気持ちを思い出してほしいんですね？」

「うん。……お母さんが生きてたら、きっとトモと私のこと、賛成してくれたと思う。

口でいくら言っても聞いてくれないから、絵本を見つけて、読み返してもらって、もう一回……彼を見つめ直してほしいの」

気持ちをこめて話したあと、陽子は我に返った様子で、照れ笑いを浮かべた。

「ご、ごめん。ちょっと難しい話しちゃったね……退屈だった？」

「いいえ！　よくわかりました。さっそく探してみようと思います。この部屋は既に探されていると思いますが、念のため、もう一度検索……もとい、見てみますね」

「よろしくね。……見逃しがあるかもしれないもんね。絶対この部屋にあるはずだし」

言葉とは真逆に、陽子は暗い表情をしていた。何度も何度も探したに違いなかった。

だが、見つけるさんは本をひとつひとつ、丁寧に手に取って、表紙や裏表紙を確認して、目的の絵本を探していく。陽子も、見つけるさんと同じように探していく。

十分が経《た》ち、三十分が経ち、一時間が経った。はぁ、と陽子がため息をつく。

「……見つからないね。そっちはどう？」

陽子が振り返ると、見つけるさんは絵本の中身をパラパラとめくっていた。

「飽きちゃった？」

「あ、いいえ。探していたのを諦《あきら》めたわけではなく、少々気になることがありまして」

「ふふ。読みたいなら別にいいよ。けっこうおもしろいでしょ」

「はいっ！　どれも深いですねぇ……」

「うんうん。……ちょっと一休みしようか。お茶でも淹《い》れてこようかな」

「ありがとうございます。……ところで、ひとつお尋ねしたいんですけど……お父様のお部屋は二階にあるんですか？」

「そうよ？　一階は台所と、居間と客間。二階はこの部屋と、私の部屋と、お父さんの部屋。あんまり広くないけどね」

「わかりました。ありがとうございます」

見つけるさんは、尋ねた理由を陽子に言わなかった。

それを怪訝に思ったのか、陽子は小首を傾げながら部屋を出て行った。

その後、見つけるさんも陽子が近くにいなくなったのを見計らい、部屋を出る。

「……ちょっと、何する気？」

ニィさんが抗議色の強い言葉を発したが、見つけるさんは答えなかった。

……ほどなくして、見つけるさんは台所でお湯を沸かしていた陽子のもとを訪れた。

「あら、どうしたの？　……っ！」

振り返った陽子の顔色が変わった。

「見つけましたよ」

見つけるさんが両手で差し出していたのは、陽子が探していた絵本だった。

しろオニと人間が手を繋《つな》ぐ挿絵に、例のタイトルが書かれていた。

「ど、どこにあったのっ？　あれだけ探したのにっ！」

驚く陽子に、見つけるさんは笑顔で返答した。

「神様ですから。ふふふ」

陽子が息を呑《の》む。……まさか、本当に？　そういう顔をしていた。

「陽子？　……なんだ、誰か来てんのか？」

玄関から聞こえてきた声を受けて、陽子の顔が跳ね上がる。

「ごめん、貸してっ！」

見つけるさんから本を受け取り、陽子が玄関へ走る。

「あ？　……っ！」

靴を脱いでいたラーメン屋の店主――父親の顔色が劇的に変わった。

「それは……」

ぶるぶる、と唇《くちびる》が小刻みに震えていた。陽子の吐息も荒い。唾《つば》を一度飲み込んだ。

「覚えてる？　……覚えてるよね？　お母さんが何度も読んでくれたよね？」

「それをわざわざ言うために探したのか！　そんなものを！　今更ぁっ！」

父親が発したのは怒声だった。しかし、陽子は怯《ひる》まない。

「そんなものなんかじゃない！　大事なことが書いてある！　絶対忘れないでってお母さん言ってた！　お父さんだって聞いてたでしょう！」

「やかましいっ！　俺の部屋に黙って入って、そいつを見つけて鬼の首でも取ったつもりか！」

「えっ……」

陽子が見つけるさんを振り返る。……そう。絵本を見つけた場所は、父親の部屋だ。

「そんな本があってもなくても、俺の言い分は変わらん！　時計屋ンとこの若造は諦めろ！　別の男を探せ！」

「嫌よ！　ねぇ、どうして？　私が言ってたことじゃないんだよ？　お母さんが言ってたことなんだよっ？　お父さんはお母さんのことなんてもうどうでもいいのっ⁉」

言葉の代わりに、乾いた音が響き渡った。頬を打つ音だった。見つけた絵本も床に落ちた。叩《たた》かれた陽子がよろける。呆《ほう》けたあとに、震え始める。

「……お父さんの馬鹿！　嘘《うそ》つき！　大っ嫌い！」

涙でぐしゃぐしゃになった声を残して、陽子は靴も履かずに裸足《はだし》で外に飛び出た。

あとには、きつく歯嚙《はが》みする父親と見つけるさんたちが残る。

「……これを俺の部屋から引っ張り出したのは、てめぇか」

鋭い眼光が向けられた。子供の姿でなければ、殴られていたに違いなかった。

「自分は失くし物を見つける神様。そんなことをあちこちで叫び回っているらしいが、神仏の真似事なんて罰当たりなこと、二度とすんな。……帰《け》ぇんな」

父親が家に上がり、廊下の端に寄る。……お邪魔しました、と見つけるさんは素直に従う。

外に陽子の姿はなかった。見つけるさんは、商店街へ戻りながら空を見上げる。

「……で、どうするわけ？」

隣を歩くニィさんが、見上げながら尋ねてきた。

「ねぇ、ニィさん。これは、私の推測なんですが……」

見つけるさんは質問に答えず、何かを口走った。それを言う直前、周囲には強い風が吹いた。春風の名残《なごり》を含んだ強い風は木々を揺らし、建物にぶつかり、びゅごおおっと強い音を立てた。ニィさんに声が届いたか、見つけるさんは自信がなかった。

「……へぇ。どうしてそんなことを思うわけ？」

届いていたらしい。ニィさんは試すように、見つけるさんに尋ね返していた。

「いくつかの検索条件を照らし合わせた結果です。おそらく、そうではないか、と」

「推測というより、ほぼ確信してるみたいだね。だからボクから正解かどうかを訊《き》きたいんだろう？　残念ながら、そうはいかない。推測程度の段階で答え合わせに利用されたくないね」

「じゃあ、もっと根拠を揃えて結果を絞り込めばいいわけですね。いいでしょう。もうひとつ、条件を増やしに行きましょうか」

「どこへ？」

「本屋さんです。商店街にありますよね？」

「そりゃあ、あるよね」

見つけるさんは早足で商店街へ向かう。風はなおも、強く吹いている。

＊＊＊

見つけるさんが商店街で結果を絞り込んでいるころ、トモは、誰かに名前を呼ばれた気がして、うたた寝から目覚めた。店の窓から、夕暮れ前の西日が差し込んでいる。

耳の奥に懐かしい声音が残っている。そんな錯覚に誘われ、耳元を撫でていた。

昨夜はまともに寝ていない。昨日の昼、結婚の話を三人でしてから、ずっと思い悩んでいる。

馬鹿なことをした——と。塀の奥に入ってから考え続けていることを、今も思う。塀の外に出てから、その考えはより一層深まった。助けた友人はバツが悪かったのか、出所すると連絡が取れなくなっていた。報復を恐れたのかもしれない、と今になって思うが、当時はやはり落ち込んだ。まともな仕事には就けず、生活は困窮した。冗談抜きに、首を吊《つ》ろうかと思ったことだって何度もある。

だが、寄り添ってくれた女性がいた。照れくさくて言えなかったが、神様みたいだ、と本気で思っていた。事実、トモにとって彼女は神様だった。

しかし、彼女と出会ってからも、出会ったからこそ、やはり思った。

——馬鹿なことをした。本当に。

一度の過ち。それが、大切なひとを苦しめることになった。

トモはそれを、ずっと悔やんでいる。

商店街に十七時を知らせるチャイムが鳴り響いていた。

小さな子供たちは家路につくころだが、買い物客は夕方のタイムセール品を求め、足を運んでくる時間だ。飲食店も準備を終えて、もうすぐ開き始める。

夜の仕込みを終えたみさき亭の店主は、本通りから枝のように伸びる小道に立っていた。喫煙スペースになっている場所の、吸い殻入れのそばで煙草《たばこ》を吸っている。

視線の先には、『時計屋　刻明堂《こくめいどう》』の看板がある。そろそろ店じまいの時間だ。

表はガラス張りになっているので、店先で片付けを始めている店員の姿が見える。

陽子の恋人・菊谷智成だ。客がいないせいか、動きはゆったりとしている。……時折、眠たそうに目を擦《こす》っていた。おそらく、昨日はあまり寝ていないのだろう。

――一晩寝てないくらいで情けねぇ。しゃんとしろ。

心中で毒づき、イライラしながら煙草の煙を吸い込んだ。吸い終わったら店へ戻ると決めた。……すぐに吸い終わり、立ち去ろうとした矢先だった。

「隣、いいかい。ラーメン屋」

背後からの声の主は、洒落《しゃれ》たモノクルを掛けた老人だった。時計屋の店主だ。

ラーメン屋は答えなかったが、時計屋の店主は煙草に火を点《つ》けた。

なんとなく帰りづらくなり、ラーメン屋も新しい一本を吸い始めた。

「気になるかい、あいつのこと。……気にならないわけないか。愛娘《まなむすめ》の相手だもんな」

「まだ認めてねぇ。これからも認めねぇ」

「そうかい」

嫌悪を隠さない口調で言ったが、時計屋に気にした様子はない。

――なんか用じゃねぇのかよ、この暇人。

そう思いつつも、ラーメン屋は何も言えなかった。何も言われなかったから、言えなかった。ひどく居心地が悪かった。辛抱するのがいよいよ辛《つら》くなったころ、時計屋は言ってきた。

「智成が弟子になってから、一年と少しになるかな。ケンカに巻き込まれてスネに傷がついたようだけど、良い奴だよ。真面目《まじめ》だし、俺やかみさんが見てなくても手を抜かない。仕事が丁寧だ。手前味噌《てまえみそ》だが、陽子ちゃんの相手でも不足はないと思うよ」

「………」

「なぁ、そろそろ許してやっちゃあどうだい」

「そろそろ？　何言ってやがる。付き合ってるって話から、まだ一日しか経ってねぇ」

「違う違う。あの子らのことじゃなくってさ」

時計屋は、とんとん、と、ラーメン屋に向けた人差し指で宙を叩く。

「お前さん自身をだよ。……ラーメン屋」

ラーメン屋は答えなかった。

荒い手つきで煙草を吸い殻入れに押し付け、逃げるように早足で立ち去った。


みさき亭に戻ると、店の明かりが点いていた。

——消し忘れたか？

警戒しながら店へ入る。客席に、小さな影があった。見つけるさんだった。

「すみません。お邪魔しています。……勝手口の鍵が開いてました。不用心ですよ」

部屋の次は店へ不法侵入か。今度こそ怒鳴り散らしてやろうと思った。

その前に、見つけるさんは切り込んできた。

「どうしても、大切なお話がありまして。お二人のお付き合い、認めてあげられませんか？　……いえ、認める認めない以前に、せめて理由はお話しすべきだと思います」

「理由？　なんの理由だ」

「あなたが、お二人のことを反対している本当の理由です」

見つけるさんは畳み掛けてくる。

「娘さんには、奥様と同じ思いをさせたくない。自分と同じ前科者と結婚して苦労させたくない。それが本音なのでしょう？」

＊＊＊

みさき亭の店主……久留間友則《くるまとものり》は、見つけるさんの言葉を受けて絶句した。

「ご安心ください。他の方には何も言っていません。私が、真実を見つけただけです」

「見つけた？　……ばかな、どうやって……」

うろたえた店主が、思わずこぼした。

見つけるさんは薄く微笑み、答えを見つけた経緯を説明していく。

「最初に疑問に思ったのは、あの大量の絵本を見たときでした。あの絵本、どれもこれも見たことのない題名ばかりなんですよ。桃太郎とか、金太郎とか、そういった広く知られているものはひとつもありませんでした。中には、お世辞にも絵が上手とは言い難いモノも含まれていました。上手なのもありましたけどね。……それに、どの絵本にもバーコードがないんですよ。表紙にも、裏表紙にも、本の中にも、どこにもないんです。作者名もありません」

それが意味することは、ひとつ。

「あれらは、売り物ではないのですね。全て、奥様の手作りだったのでしょう。そう思って、商店街の本屋さんを数軒、訪ねてみました。一番古くから営業している老店主さんが覚えていましたよ。みさき亭の奥様に昔、手作りの絵本を安く作る方法はないか尋ねられたって。娘に絵本を買ってあげたいけど生活が苦しいから、少しでも安く、でも、どうしても伝えたいことを伝えられるように――そんなふうにお願いされたと言われました」

ぶるり、と店主の肩が震えた。自らを恥じている仕草だと見つけるさんは解釈した。

「絵本がある場所も、順序立てて考えればすぐに解けました。奥様が描いた絵本は全て、あの部屋にある。でも、見つからない。すなわち、誰かが部屋から持ち出した。持ち出しそうな方は、あなたくらいしか思い当たらない。……お部屋に入って、少し調べたら見つかりました。いくつかのアルバムと一緒に。昨晩、絵本と一緒に見返していたんですね？」

「……見たのか」

「ええ。奇妙なアルバムでした。お二人は幼馴染だと聞きました。小さいころの写真は二人ともあるのに、青年期になると様相が変わります。奥様が若いころのお写真はファイリングされているのに、お父様が若いころのものはまったくありません。青年期で突然途切れて、次の写真は、もうラーメン屋さんで働いているときのものでした。

……まるで、特定の時期の過去を隠しているようだ、と感じました。陽子さんから恋人さんの事情を聞いていなければ、そんなふうに思わなかったかもしれませんけど」

「…………」

「鬼が人間と手を繋ぐ絵本は、奥様が一番多く陽子さんに読み聞かせたものだそうですね。絵も、あれが一番不慣れで拙《つたな》いものでした。おそらく、最初に作られた絵本なのでしょう。つまり、一番伝えたかったことが、あの絵本に詰まっていたはずです。奥様が陽子さんに読み聞かせていたとき、あなたも隣に呼ばれていたそうですね？」

ぐっ、と店主の身体に力が入るのが見て取れた。

「……神様の次は、探偵の真似事か」

負け惜しみのような呟きだった。対して見つけるさんは、いいえ、と強く否定した。

「神様ですよ。新米ですが、この地を古くから見守る先輩から、あなたがよく努力されたことも聞きました。……奥様が亡くなられてどう悔やんだかも聞きました。その後、それを振り払うように、必死に娘さんを育てたことも」

店主が目を見開く。

「反対したくなるお気持ちは察します。ですが、絵本を読み返したのも、アルバムで過去に思いをはせたのも、悩んでいるからですよね。あなた自身が一番わかっているはずです。本当はあなたが一番、二人を応援したいと思っているのではないですか？」

子供には似合わない、核心に深く切り込むぶしつけな言葉だった。しかし、一喝《いっかつ》されることも嫌悪されることもなかった。店主はただ、黙って考え込んでいた。

「よくよく、お考えください。……お邪魔しました」

＊＊＊

見つけるさんが去ったあと、友則は客席に座り、机の上で指を組み、考え込んだ。

開店時間は迫っていたが、『準備中』の札を下げる気にはなれなかった。

ごっこ遊びだとは思うが、指摘自体は的確過ぎた。最後に言われた言葉が、胸に突き刺さっていた。

（わかっちゃあいるさ……）

ここで二人を認めなければ、娘は一生自分を恨むだろう。そして、それ以上に自分は悔やみ続けるだろう。しかし、簡単に前へ進めない理由もある。

不甲斐《ふがい》ない自分のせいで、最愛の妻を早くに病気で失った。罰は十分に受けたと思った。その先があるとは思わなかった。

——まさか娘が、自分と同じ道を歩んできた男を連れてくるとは。
塀の中へ入っていたことも、入ったきっかけも、まるで自分の生き写しのようだ。
名前まで似ているのだ。過去に、神様みたいだと思っていた女性から呼ばれていた
馴染み深いあだ名まで一緒だった。……トモ、と呼ばれていた時期は、友則にとって
最も幸せで、最も罪を後悔した時期だった。未《いま》だに夢に見る。残響が恋しくなって、
耳を撫でた。
……本当に、呼ばれた気がした。
誰もいないはずの店の中に、本当に、誰かがいるような気がした。
わかるでしょう？　……そんな言葉のおまけつきで、名前を呼ばれた気がした。
友則は、店を出て道を進む。
娘の恋人が住んでいる場所は、家へ挨拶に来たときに聞いていた。
昔、先代の店主から、店と家を貰い受ける前に住んでいた場所に近い。風呂もなく、
トイレも共同の狭いアパートらしい。
「……お父さん？」
アパートの前で、娘と、娘の恋人と鉢合わせした。夕飯の買い物にでも出掛けるつ

もりだったようだ。申し訳なさそうに、智成が深く頭を下げた。

「お店は……？」

「臨時休業だ」

娘が息を呑む。覚えている限り、店を開けなかったのはここ十数年なかったことだ。

「足、大丈夫か？」

「……別に」

借り物らしきサンダルを履いている。片方の爪先で、娘は地面を軽く叩く。視線は斜め下を向いていた。目を合わそうとしてくれなかった。代わりに、頭を上げていた智成の方を見た。見つめられて困惑する彼に、声を掛けた。

「……馬鹿なことをしたって、思っているか？」

何を言っているのかは、すぐにわかった……と思う。しかし、反応はなかった。伝わっているか不安になったので、もう一度言い直した。

「あんなことしなけりゃよかった。頭にきて、暴れて、でも、後になって自分がやったことがずっと足を引っ張りやがる。馬鹿なことをした……そんなふうに思ったか？」

「ちょっと、お父さん」

抗議の声を上げた陽子を、智成が片手で制した。

「はい。……ずっと、思ってます」

「そうか」

そこから先を言うのは、勇気が必要だった。胃がねじくれる感触があった。

ねじ伏せて、告げた。

「俺もだよ。同じことを思って生きてきた」

二人は何を言われているのか、友則が何を言っているのか、わからない様子だった。

「ムショから出てきたあと、お前より長く、同じことを思ってきた。……お前と似たような感じで、ぶち込まれたことがあったんだ」

二人は同時に、顔色を変えた。

「けど、なんとかなる。私がいる。絶対、俺と一緒にいる。陽子の母親がそんなふうに言って励ましてくれたよ。いい女だった。俺にゃあもったいない女だった。……まともな職に就けない俺に、この街で働き口を探してくれたのもあいつだった。あいつ自身も働き通しだった。一人前のラーメン屋になるまで苦労ばかりさせたよ。朝から晩まで店に居続ける俺を許してくれて、陽子の面倒見ながらやれる仕事をいくつも掛け持ちして……ようやく俺が一人前になれたころ、あいつが倒れちまった。あちこち、もう、ぼろぼろだったたんだ。医者から、長年続けた無理が原因だろうって言われた日のことは……今でも……」

言葉に詰まる。そのまま、昔を思い出した。

倒れたあと、意識が戻らずにそのまま逝《い》ってしまったから、別れも言えなかった。すまん、本当にすまん、俺のせいですまん、と棺《ひつぎ》に額を擦り付けた。

だが――泣き暮れる友則の耳に、猫の鳴き声が届いてきた。猫なんて飼っていないのに、別の部屋から鳴き声がしてきた。様子を見に行ってみると、娘が知らない猫と遊んでいた。白い猫だった。野良猫だろうが、それにしては毛並みが綺麗だった。

「おとうさん、どうしたの。いたいの？」

まだ母親の死を理解できない小さな娘は友則に駆け寄ってきて、しゃがむようにせがんだ。幼い陽子は、友則の頭を撫でてきた。

「いたいのいたいの、とんでけー。かなしいのかなしいの、とおくへ、とんでけー」

その健気《けなげ》さは暗闇《くらやみ》に差した一筋の光だった。妻の忘れ形見を強く抱き締めた友則は、すまん、ともう一度呟いた。感謝した。……死してなお、妻は自分に生きる理由を残してくれたのだ。

その尊さに報いるべく、誓いを立てた。

——せめて、陽子にだけは苦労を掛けず、幸せにするから。

約束を思い出していた友則は数秒間、胸が詰まって何も言えなかった。

それは話を聞いている側も同じのようで、察するものがあったのか、成長した陽子は口を押さえて、目端に涙を溜《た》めていた。

「お前たちを認めなかったのは、自分への八つ当たりみたいなもんだ。悪かった」

「い、いえ……」

智成は何度も首を振った。

「陽子、すまん。お前の言う通りだ。母ちゃんが言ってたよな。……お前と俺に、何度もあの本を読み聞かせてくれたよな」

——見かけや噂でひとを判断しちゃいけない。

——その中にはきっと、優しいひともいるんだよ。

——だから、トモ……あなたも許してあげて？　誰を許すべきか、わかるでしょう？

「お父さんっ！」

陽子が友則に抱きついた。胸にすがって、わぁわぁ泣き始めた。

「ごめんなさいっ……大嫌いだなんて……ひどいこと言って、ごめんなさいっ……」

友則は片手で娘の背中を擦りながら、もう片方の手で汗を拭うように目端を何度も拭った。涙を流すまいとする、父親の意地だった。その目を、智成に向けた。

「……今度、もう一度ウチへ寄ってくれ。改めて、俺の話もしよう。……三人でな」

来たときと同じく、智成が深々と頭を下げた。

「——よかったですね」

囁《ささや》くような声を聞いた友則は、周囲に目を走らせた。

アパートの物陰に、いつもしょう油ラーメンを食べにくる女の子の姿があった。白猫もいる。まばたきの隙に、その姿はどちらも消えた。

……いや、錯覚だ。幻覚に違いない。あんな小さい娘が神様だなんて、あるはずがない。だが……世話になったことは、確かだ。

友則は思う。いずれにせよ、次に店へ来たら、チャーシューを一枚増やしてやろう。

＊＊＊

翌日、見つけるさんはみさき亭に足を運んでみた。もちろん、昼時である。これで八日連続となるが、隣を歩くニィさんは文句を言わずについてきた。引き戸を開けると、食欲をわかせてくれるラーメンの香りが押し寄せてきた。

「あっ！　いらっしゃい！」

陽子の明るい声が届いてきた。今まで聞いた中で一番の声だった。

「来てくれたんだね。ありがとう」

他の客の目がある中、不自然ではない程度にお礼を上乗せされた。カウンターの奥からも「らっしゃい」と野太い声が響いてきた。……そう言えば、店主から声が飛んできたのは初めてだったか。

席によじ登ると、お冷とおしぼりを渡され、「いつものか？」と訊かれた。

「はいっ！」

元気よく答えると、「陽子、半チャーハン！」が続く。「あいよ！」もセットだ。

手際よく料理が進む中、見つけるさんは嬉しそうに足をぶらぶらさせながら、それを眺めていた。いつものようにゆっくり食べていると、他の客がいなくなるタイミングがあった。陽子がそっと寄ってくる。

「これ、あとで食べる？」

白く輝く杏仁豆腐を見て、見つけるさんが目を輝かせる。

「い、いいんですかっ！」

「……あぁ、いいんだよ」

「へ？」

返事は、カウンターの奥からだった。陽子と店主、きょろきょろと視線を移動させた見つけるさんに、陽子が微笑みかける。

「食べたかったらいつでも言ってね。ひとつ、余分に作っておくことにしたの」

「そ、そんな、でも……」

「お礼のつもり。それとも、足りない？　ウチのラーメンを好きなときに食べ放題がいい？」

「そっ、それは大変魅力的ですが、だめです！　そこまでは貰い過ぎです！」

「じゃあ、やっぱり杏仁豆腐がいいかな？　もしくは、ちゃんとお賽銭がいいかな？」

「う、ううっ……」

杏仁豆腐は大好きだが、他のものにも替えられる現金も捨て難い。迷っていると、陽子が微笑みを深めた。

「ふふっ。じゃあ、そのときの気分で好きな方を選んでもらう、っていうのはどう？」

「…………」

見つけるさんは、顔を下向けてちらりとニィさんを見た。

――好きにすれば？　そう言いたげに、舐《な》めた前足で顔を拭《ふ》いていた。

「で、では……それで……」

「オッケー。……本当にありがとうね。みっちゃん」

——みっちゃん？

「見つけるさん、だと気軽に呼びにくい気がしちゃってさ。だから、みっちゃん。それとも、気軽に呼んじゃあだめ？」

「いえ……素敵です、嬉しいです。ありがとうございます」

「よかった。さっ、食べて食べて！」

「はいっ！」

ちょうど、そこで別の客が入ってきた。

近所の主婦と思しき、品の良さそうな女性だった。

「あっ、いらっしゃい！　久しぶりですね！」

「……少し忙しくしてたから。今日は久しぶりにここのチャーハンが食べたくなって」

「そうなんですね、ありがとうございます！　奥の席へどうぞ」

陽子は接客に戻り、見つけるさんも食事に戻った。

食後の杏仁豆腐も完食して、見つけるさんは店をあとにした。

帰り際、カウンターの奥から「ありがとさん」と声が飛んできたのが嬉しかった。

神社への帰り道、商店街の本通りを歩く見つけるさんは上機嫌だった。

今日だけはどうしても両方受け取ってほしい――そう言われて、陽子から百円玉を渡されたからだ。

「初めての収入っ、初めてのお布施です！」

たかが百円、されど百円。

「ああっ、でも杏仁豆腐も捨て難いです。これからのお昼は究極の選択祭りですよ！」

ちなみに、杏仁豆腐は一五〇円である。

「そうかいそうかい。そりゃあ、よかったねぇ」

……はっ、と。騒いだのを恥じるように、見つけるさんが赤くなって黙り込んだ。

「安心しなよ。今まであげたお金を返せなんて言わないし、百円じゃ心細いだろうから、しばらくはまだ分けてあげるよ」

情けないが、ありがたい話だった。食費は現在、ニィさんからの施しで十分持つ。

家賃はゼロ。……つまり、この百円は好きなものに使える。

「ニィさん、私、寄り道します」

見つけるさんはきびすを返し、早足に歩く。

「どこへ行くんだい？」

「食生活を充実させます。……今なら間に合います。三時のおやつ！　百円玉があれば七個は買えます！」

「……はいはい、駄菓子屋ね。はしたないから、もう少しゆっくり歩こうか」

小さい子供をあやすように、ニィさんも追い掛ける。見つけるさんの速度が緩んだ。

「ところで今回の私、どうでしたか？」

「んー？　何がー？」

「立派に親子のすれ違いを解決しましたよ！　探し物も見つけたし、百点でしょう？　ニィさんの監督や助けなんて必要ないんじゃないですかねぇ！」

「……まぁ、そう思いたいなら、そう思っておけば？」

「なんですか、嫌な言い方して」

「ボクからすれば、けっこう危うかったってこと。ま、結果が全てだけどさ」

「むぅ……」

「答え合わせに参加してあげよう、と思う程度に根拠を集めたのは評価する。だけど、集め方が問題だね」

「むぅ……？」

「これ以上は自分で考えて。……答えを探すのが、キミの得意技でしょ」

「ええ、ええ。そうですとも。すぐに見つけてみせますよ。それで、一気に立派な神様になるんです」

「がんばってー」

「あと、もうひとつお尋ねしたいんですが。先代のラーメン屋さんについて、気になることが一点」

軽い口調で話していたニィさんが、黙って質問を待つ。

「陽子さんは仰《おつしや》ってました。老い先短いから、お店やお家《うち》を譲ってもらった、と。……いくら弟子とはいえ、あまりに大盤振る舞いじゃありませんか？　お店もお家も、手放せばそれなりの財産になったはずです。引退したあと、悠々と余生を楽しむ資金にすることもできたのではないか——そう考えられます」

「……何が言いたいわけ？」

「あまりにも親切過ぎるように思うんです」

「弟子が可愛《かわい》かったんじゃない。奥さんに先立たれて、娘さんも小さいし。同情したんじゃないの？」

「それは、先代のラーメン屋さんも似たような境遇だったからではありませんか？」

ニィさんが黙った。歩くのもやめた。見つけるさんが、振り返る。

「先代のラーメン屋さんも、同じく前科持ちだった……違いますか？」

「——ふぅん、根拠は？」

「ありません。本当に、ただの勘です。ただ、もし当たっているとしたら、なかなかの偶然です。……刑務所に入る方って……そんなに多いんですかね？」

ニィさんはなかなか答えなかった。

だが、やがて根負けしたように「やれやれ」と肩をすくめた。

「ただの当てずっぽうに回答したくないけど……いつかは話そうと思っていたし、いい機会だから教えておこうか」

ニィさんは、真面目な顔になって言う。

「キミが察した通り、先代のラーメン屋もワケありの人物だった。詳しくは知らないけど、前科もあったようだ。でも、悪いひとじゃなかったよ。ただ、前科があると、やはり人生は難しくなる。みさき亭の店主と同じく、彼もあちこちを転々としたあと、ここの商店街のラーメン屋に弟子入りした。……そのお店はもうないけどね。長く商店街で働いたあと、商店街の組合が融資をして店を出したんだ。彼は一生をかけて借金を返済、そうして守った店を、キミが助けたあの親子が引き継いだ。……まぁ、そこはどうでもいいんだよ。本題はここからだ」

ニィさんは地面に腰を下ろす。

「見つけるさん。キミのことだからおそらく知っているだろうけど、今の世の中を生きる人間たちは、将来にあまり希望を持てていない。たとえ食べ物に困らなくても、丈夫な家に住んでいても、服をたくさん持っていても、それがいつまで続くんだろうと不安に思っている。その不安を取り除くために、多くの人々は豊かな道を歩こうとする。いい学校に通って、いい会社に入って、たくさんお金を稼ぐ。……でも、それらの不安が少ないとされている道は、常に奪い合いだ。どうしても豊かな道から外れてしまう人々がいる。それどころか、普通の道に馴染めないひとたちもいる。そういうひとたちは……どこへ行くのかな？」

ニィさんは見つけるさんの答えを待たずに、次の言葉を繋いだ。

「この商店街はね、古くからそういう人々を受け入れてきた。過ちを犯した者、家族を捨てた者、世の中に馴染めなかったひと……そんなワケありの人々でも、『真面目に働きさえするなら受け入れよう』と考えてきた。そうやって、この街は育ってきた」

つまり、と言葉が続く。

「ここにはね、一度絶望したり、心底困ったことのあるひとが多く住んでいるのさ」

見つけるさんは、ニィさんの次の言葉を待った。ニィさんが何も言わなかったので、訊いた。

「全てのひとが、そうなのですか？」

「全てではないよ。古くから代々店を継いできた店主もいる。でも、少しワケありでよそから移ってきた人々が多いのも事実だ。……みんな、隠して暮らしているけどね」

「なるほど。そうでしたか」

見つけるさんは、にっこり微笑んだ。

「あれ、わりと脅《おど》かしたつもりなんだけど、怖がらないね」

「当然です。むしろ、やる気が出ました。そもそも今のご時世、絶望してないひとばかりの街なんて逆にありえませんよ。……絶望したひとたちが暮らす街。それを見守り、導く。なんとやりがいのあるお役目でしょうか！」

見つけるさんは両手を広げたあと、身体を丸め、身震いした。気持ちを抑えきれないのだ。

「絶望した人々。すなわち、希望を求め続ける人々！　……そんな方々に、私は答えを提示する神様になります！　なってみせます！」

「……答えを提示、ね。……ま、せいぜいがんばってー」

見つけるさんとニィさんは再び歩き出す。

「駄菓子、駄菓子、駄菓子はいずこっ！」

即興の歌を口ずさみ、急いで歩く。もうすぐ駄菓子屋が見えてくる。……その寸前、見つけるさんが「あ」とニィさんに振り返った。

「そういえば、スタンプは？　押してもらえるんですよね？」

「神社に帰ったら半分押してあげるよ。ボクの肉球で押す予定なんだけど、いいよね」

「半分？　なんでひとつじゃないんです？　っていうか半分なんてあるんですっ⁉」

「さっきも言ったように、けっこう危なかったから減点して半分。異論は認めません」

納得のいかない見つけるさんと、減点理由を明かさずに譲らないニィさん。当然のように口論へ発展したが、最後は見つけるさんが引き下がった。

「じゃあもういいですよそれでっ！　どうせすぐに溜まるんですから！」

割り切りの早さもまた、彼女のいいところのひとつなのかもしれない。

＊＊＊

少しばかり、時計を戻す。見つけるさんが去った直後のみさき亭では、陽子がニコニコ顔で接客に戻ろうとしていた。

陽子は、カウンター席に座る主婦が——時折訪れる常連客のひとり、神藤《しんどう》かなえが不思議そうに引き戸の方を見ていることに気が付いた。陽子が尋ねる。

「どうされました？」

「……子供だけでお昼のラーメン屋にいるなんて、珍しいなと思って」

「そうですね。でもほら、あの子、子供じゃなくて、神様ですから」

「神様？」

「失くし物を探してくれる見つけるさん。知りません？　この前、商店街を走りながら大きな声で宣伝してたんですよ」

「そう……そういう遊びが流行《はや》っているの？」

陽子は笑う。

「本当に困ったときは、あの子に相談してみてください。きっと見つけてくれますよ」

……ふぅん。と、かなえが怪訝そうに相槌《あいづち》を打ったところで、店主がカウンター奥からラーメンと、チャーハンを差し出した。

その場は、それだけで終わった。だが、すぐにまた、次が繋がる。

神藤かなえが見つけるさんを探す日は、目前に迫っている——。

二件目　失くしていない

神藤かなえの朝はいつも早い。当人の仕事が忙しいわけではなく、夫のすぐるが忙しいからだ。商社に勤める彼は出張が多く、世界を飛び回っている。日本にいる間も会議の準備だとかで多忙を極めているようだ。

朝五時に起きて、六時には家を出ていく。お弁当を持たせるのも一苦労だが、かなえは甲斐甲斐しくそれを続けていた。

それが、今日に限っては寝坊した。

目が覚めると、枕元に置いた目覚まし時計の針は七時を指していた。

慌《あわ》てて布団から飛び起きてリビングに走ったものの、夫の姿はない。

流し台のシンクにコーヒーの染みが付いたマグカップと、パンのかすが散らばったプレートが置いてある。それが当て付けのように感じられて、かなえは深くため息をついた。

寝坊した自分も悪かったが、ここまでやったならば、さっと洗って出て行ってくれてもいいだろうに。

でも、帰ってきたら謝ろう。

嫌味を言われるかもしれないが、それは我慢しよう。

仕事で疲れ切っていて無視されるかもしれないが、そうなったら自分も無視しよう。

三通りのシミュレーションを終えて、かなえは朝食の準備に掛かる。

一緒に暮らしているのは夫だけではない。先月に小学五年生になったばかりの息子、ひろきがいる。朝食が出来上がるころに起きてくるはずだ。

その予想通り、ひろきは三十分後に眠たそうな目を擦りながら起きてきた。寝ぐせのはね方が父親そっくりだ。かなえは先ほどの嫌な気持ちを思い返して、胸をもやっとさせる。

「おはよう。早く顔洗ってきなさい」

うん、と素直に頷き、息子は洗面所へ向かう。顔や雰囲気は父親に似たが、性格は母親に似た。言うことは素直に聞く。わがままを言うことは少ない。よくできた子だ。

トーストと昨日の残り物のサラダを出しておけば、あとは勝手に食べてくれる。その間に、かなえは冷蔵庫の中身を確かめて、夕飯の準備に必要な手順を考えていた。

「ねぇ、ママ。見つけるさんって知ってる？」

「……ん、何？」

「見つけるさん。知ってる？」

振り返ると、小首を傾げてひろきが尋ねてきていた。

「知らない？」

「聞いたことないけど……」

なんだか学校の七不思議のような響きだ、とかなえは警戒を強める。そういったお化けの類は苦手だった。

「見つけるさんはね、失くした物を一緒に探してくれるんだよ」

「ふぅん、いいお化けなんだ？」

「お化けじゃないよ。自分を神様だって言ってる女の子。商店街にいるんだよ」

「誰に教わったの？」

「洋介《ようすけ》くんから。洋介くんはお姉ちゃんから教えてもらったんだって」

洋介くんというのは同じクラスの男の子で、上の子は確か中学生くらいのはずだ。

占いやおまじないを好む年頃である。そういう時期はかなえにもあった。

「何か失くし物をしたときは、お願いに行くといいんだって」

「じゃあ、ママも何かを失くしたら頼んでみないとね。ひろきは何かを失くしたの？」

「ううん。失くしてないよ」

言ったきり、ひろきはもそもそとパンを食べるのに集中し始めた。かなえも食卓について、晩ご飯の献立を考えながらパンを口に運ぶ。

そういえば、この時間にひろきと話をしたのは久しぶりだった。

食事中、会話をすることは少ない。朝のニュース番組を見ながら無言で食べるのが常だ。テレビのせいでもあるが、あまり時間に余裕がないのも関係しているだろうか。

食事を済ませたひろきはシンクに食器を重ねる。部屋に戻り、着替えを済ませて出てくれば、あとはランドセルを背負うだけで準備が整う。幼いながらになかなか几《き》帳面《ちょうめん》な子で、準備は全部寝る前に済ませているらしい。通信簿の「忘れ物をしない」欄はいつも成績がいい。

「いってきます」

「いってらっしゃい」

送り出して扉が閉じた瞬間、ふぅ……と深く息をつく。

今日はパートも休みだから、少しのんびりできる。

（……夕飯の準備はしなきゃだめだけど）

休日とはいえ、あとで買い物のために外には出ないといけない。外出すれば近所の目もある。

ひとまず、ボサボサになっている髪を梳《す》くところから始める。寝室の化粧台の前に座ると、いつもより長く寝たはずなのに、いつもより疲れた自分の顔が鏡に映った。

それが、なんだか悲しかった。

髪を梳《と》かし終えて、鏡の手前に置いてあるリングホルダーに手を伸ばす。

そこで、気付いた。

「……え？」

ない。いつも置いてあるはずの場所に結婚指輪がない。

きっと洗面所か台所にでも置き忘れたのだろう、と思って席を立つ。

だが、どこにもない。ぽんと気軽に置きそうな場所をさっと見て回ったが、やはりなかった。

「……なんで？」

言いながら、頭の中では落ち着こう、落ち着け、と繰り返す。

記憶の糸を辿《たど》って、昨日のどの段階まで着けていたかを思い返していく。

大丈夫、すぐに見つかる。

そうやって言い聞かせる一方で、胸中は不安に満ち満ちていた。

その悪い予感は的中する。

十二時を過ぎたころ、かなえは寝室のベッドに腰を下ろし、途方に暮れていた。部屋の床には、つい先ほどまで着替えが散乱していた。念のため、クローゼットの中身を全て引っ張り出して調べたからだ。覚えはないが、洗濯物を畳んだりしているうちに服に紛《まぎ》れたかもしれない、と思っての行動だった。残念ながら徒労に終わった。

クローゼットを調べ尽くしたあとは、自分にできる範囲で家具を動かしてみた。床に這《は》いつくばり、ほこりまみれになりながらくまなく探してみたが、どうしても見つからなかった。他の部屋も同様に探したが、成果は得られていない。

腹の虫が鳴って、ようやく食事のことを思い出す。

買い置きしてあった冷凍チャーハンをレンジに放り入れてから、何かのヒントになればと思い、スマホで貴金属の失くし物について検索してみる。指輪そのものを探しているのではなく、必要なのは『ここで見つけた』という体験談だ。

しかし、役に立ちそうな情報はない。服に紛れてクローゼットの中から見つけた話や、ゴミ箱の中を確認したら出てきた話が多い。どちらも既に探してみた場所だ。

放置していた雑誌の間からぽろりと転がり落ちてきた話は目新しかったが、そういったものは家に置いていない。

あと目立つのは、『おまじないをしたら本当に見つかった！』という話ばかりだった。

「……そんなので見つかれば苦労してないわよ」

思わず小馬鹿にするような言葉が出てしまう。声は、自分で思っているよりも震えてしまっていた。余裕がないことを思い知らされて、ますます落ち込んでしまう。

大きなため息は、幸いなことに電子レンジの音が一瞬早く鳴ってくれたおかげで、喉の奥にとどまってくれた。

温めたチャーハンをスプーンですくう。あまりおいしくはない。みさき亭のチャーハンが恋しくなる味だった。数日前に行ったばかりなのに。

「はぁ……」

先ほど出なかった大きなため息が、ついに口から出てしまった。

「どこへいっちゃったのよ……」

天井を見上げたときに、ふと、ひろきの声が頭を過《よ》ぎった。

——見つけるさんはね、失くした物を一緒に探してくれるんだよ。

——お化けじゃないよ。自分を神様だって言ってる女の子。商店街にいるんだよ。

「あれ？」

似たような話をどこかで聞かなかったか。

「そうだ、確か、みさき亭で……」

――でもほら、あの子、子供じゃなくて、神様ですから。

――失くし物を探してくれる見つけるさん。知りません？

――本当に困ったときは、あの子に相談してみてください。

――きっと見つけてくれますよ。

「あの女の子……？」

所詮は、ごっこ遊び。良くておまじないの類なのだろう。しかし、おまじないをしたら本当に見つかった！　というインターネットの声もあった。

もしも指輪を見つけられるなら、そういうものにすらすがりたい気分だった。それくらい、かなえは疲れ切っていた。

夕飯の買い物にも行かなければいけない。

かなえはいったんスマホを手放して、食事に集中した。食事を終えると、出掛けるために身支度を始める。八階建てのマンションを出て、商店街へ向かった。

商店街を訪れたかなえは周囲を見回しながら、なるべく道の中央を歩くようにしていた。

あの日、みさき亭で見た女の子の姿を探しているためでもあったが、何かを警戒している様子でもあった。

実は、とある理由により、かなえは商店街にはほとんど通っていない。商店街よりも遠くにあるスーパーを愛用していた。

来たことはあるので、八百屋に肉屋、魚屋と順に回っていく。

買い物かごにしているマイバッグは順調に重くなっていくが、探している女の子の姿はない。

（……何やってるんだろ、私）

果たして、自分は何を期待していたのだろうか。信じてもいない神様なんかを探して——仮にあの女の子が見つかったとして、本当に指輪を見つけてくれるとでも思っているのだろうか。

そうだったらどれだけよかっただろう。でも、現実は非情だ。こんなことをしていても指輪は見つからない。

（……馬鹿みたい）

なんだか、途端に自分がみじめになった。大切なものを失くした自分を許せない気持ちが、再び湧《わ》き上《あ》がってくる。

いけない、とかなえは首を強く左右に振った。これ以上考え込むと泣いてしまいそうだった。沈みゆく心に反して、空は気持ちよく晴れ渡っていた。商店街の頭上を覆うアーケードの向こうは、実に明るい。

五月らしい、陽気に満ちた晴れ空だ。失せ物探しには気分転換も必要だろう。外の空気をだいぶ吸った。もう一度探してみたら、見つかるかもしれない――。

（よし、帰ろう）

気を取り直して、足を進めようとした瞬間、その声は聞こえた。

「あーっ！　おばあさん！　また鈴を落としてますよ！」

元気の良い女の子の声だった。反射的に振り返り、目を向けると、そこにはみさき亭で見かけた彼女がいた。

「あらぁ……この前のお嬢ちゃんかい？　あたし、また落としちゃったかい？」

「はい！　紐が傷んでいるんですね。新しいのに付け直した方がいいかもしれません」

「うん……そうだねぇ……ありがとうねぇ」

白杖を携《たずさ》えた老婆に、親切に話し掛けている。少し離れたところに白い猫がいるのを見て、かなえは眉《まゆ》をひそめた。

「それでは、お気を付けて！」

老婆を見送ったあと、女の子は「ふぅ」と額の汗を拭うような仕草を見せた。子供らしい仕草だった。

「なんですか、ニィさん？　……え？」

独り言を漏らしたかと思えば、女の子はくるりと反転、かなえと目を合わせてきた。

「あ……あーっ！」

びくっ、とかなえは足をすくませる。

その間に、女の子は駆け寄ってきた。

「ええと、はじめまして！　こんにちは！」

「こ、こんにちは……」

挨拶を交わしたあと、女の子はじーっとかなえを見上げてきた。

反応に窮していると、笑顔を向けながら「うんうん」と何度も頷いた。

「私を、お求めでしたね？」

「え？　ええと……」

「大丈夫です。これでも神様の端くれですから。自分を求めている方くらいは見分けられます」

　あ、と彼女は何かに気付く。

「申し遅れました。私、新米神様の見つけるさんです。失くし物、落とし物を見つけることができます」

「……そ、そう、なの」

「……信じられませんか？」

　いきなり心を言い当てられ、かなえはますます動揺した。

「困りましたねぇ……私としては一刻も早く信じてもらって、失くし物を探すお手伝いをしたいのですが……」

　ぶつぶつ言っている間に、かなえは見つけるさんの背後から歩み寄ってくるニィさんの姿に気付き、一歩後ずさった。

「あ、すみません。……そうですか、猫が苦手なんですね？」

「っ！　どうしてそれをっ？」

　かなえは小さいころ、友達が飼っていた猫に引《ひ》っ掻《か》かれて以来、猫が苦手だ。日立門商店街が猫で有名なのは引っ越してくる前から知っていたが、利用しなければいい、という夫に諭され、妥協したのだ。そういった理由で、かなえは遠くても普段はスーパーで買い物をしている。

当然、そんなことを初対面の女の子が知るはずがない。

「これくらいのことはわかります。神様ですから」

――まさか、本当に？

「ニィさんは猫の姿をされていますが、ただの猫ではありません。引っ掻いたりしません。あなたのお友達が飼われていた猫さんとは、別物です」

今度こそ、かなえは言葉を失った。

「……私の失くし物も、わかっていたりするんですか？」

「なんとなくは。でも、できればあなたからお話を詳しく伺《うかが》いたいです。どういう思いで大切にされていたものなのか、どうしてそんなに必死になって探しているのか……。それに、心を覗《のぞ》くのはとっても大変だったりするので、連続ではできないんです。今のは、私のことを信じてもらうために言い当てました」

「そう、だったんですか……」

「信じてくださいましたか？」

かなえは一呼吸置いてから、小さく頷いた。

「ありがとうございます。失くし物をしたのはご自宅ですか？」

「は、はい」

「でしたら、お邪魔させてください。必ず見つけてみせます！」

かなえは、見つけるさんを伴って自宅へ向かう。ニィさんは気を遣って、距離をあけてついてきた。


自宅へ戻ったあと、かなえは見つけるさんを食卓へ案内して、お茶を淹れることにした。小さな女の子の姿をしているが、お客さんはお客さんだ。お願い事をする立場でもあるので、十分におもてなしをしようと考えたのである。

来客用のティーカップと、秘蔵のバウムクーヘンを小皿に乗せて、テーブルの中央にセッティングした。

「これはまた、上等そうな洋菓子ですねぇ～」

目を輝かせる様子は年相応の児童にしか見えないが、口調はしっかりしている。

「カップも綺麗ですし……ふふっ、お茶も楽しみですね！　ニィさん！」

ンミャア、とニィさんが小さく鳴いた。

……確かに、大人しくて賢そうな猫だった。かなえを怖がらせないためか、部屋の隅《すみ》に寝そべっている。

「えぇと……ニィさんを私の膝《ひざ》の上に呼んでもいいですか？」

「えぇ……大丈夫です」

「ありがとうございます！」

お湯が沸くまでの間、見つけるさんは膝の上に置いたニィさんと戯《たわむ》れながら待っていた。椅子に座ると足が届かないので、両足は終始ぶらぶらバタバタと揺れていた。

「あ、カップは二つでお願いしますね」

「……ニィさんもカップで？」

「いいえ。私とあなたの分です。お皿は三つ、フォークは二つでお願いいたします」

説明している間も人懐っこい笑顔は途切れない。声も明るくて清々《すがすが》しい。歌を歌わせたら、さぞかし映えるだろうな、とかなえは妄想した。

その人懐っこい笑顔がよりいっそう輝いたのは、皿に盛り付けたお菓子と、カップに注がれていく濃い飴色《あめいろ》の紅茶を目にした瞬間だった。濃いめに淹れたダージリンティーの香気が鼻をくすぐる。

「はわぁぁ……おいしそうですよぉ～」

うんうん、とニィさんが頷いていた。

「ニィさんは私のあとで食べてくださいねー」

ナオゥ、とやや不機嫌そうな鳴き声がしたが、ニィさんは暴れることなく、見つけるさんの膝上で身体を丸めた。正面に座るかなえからは、丸まった背中だけが見える。

「それでは、いただきます！　あなたも一緒に食べましょう。ひとりで食べるより、二人で食べた方がおいしいです」

かなえにとっては、大変ありがたい言葉だった。実はこのバウムクーヘン、かなえの大好物でもある。

デザートフォークで一口の大きさに切り、浅く刺して口に含む。

――あぁ、と思わず感嘆の吐息が漏れた。

「お～いしいです～」

片手でほっぺたを押さえて、見つけるさんが満面の笑みを見せる。

ひとりでにかなえも笑顔になった。娘がいればこんな感じなのだろうか。

かなえと見つけるさんは、夢中になってお菓子を食べていく。見つけるさんに何かを尋ねられれば答えるつもりだったが、まずはお菓子に集中するようだ。ゆっくり味わいたい様子だが、手が止まらない。残りのバウムクーヘンが小さくなっていくにつれて、フォークで切り分ける大きさは小振りになっていく。名残惜しんで食べていく様が実に可愛らしい。

……わずか数分間で、見つけるさんはお菓子を食べ終えた。それを見届けてから、かなえも最後の一片を口に運ぶ。

「はぁ～……至福のひと時でした……」

紅茶のカップを丁寧に持ち上げ、見つけるさんは柔らかく微笑む。笑顔にも色々あるものだな、とかなえは素直に感心する。

ンミャーゴ、と膝上でニィさんが鳴いた。

「はいはい、わかってます、わかってますよー」

見つけるさんがカップを置いて、ニィさんを立たせる。二人羽織《ににんばおり》のような姿勢で、見つけるさんはフォークですくったバウムクーヘンを白猫の鼻先に浮かせる。口が開き、ぱくっと閉じた。

……ほわぁぁ、と白猫の表情が、好々爺《こうこうや》が微笑むような形に変わる。

「可愛い……」

猫は苦手なはずだったが、きゅん、と胸が締め付けられ、かなえが悶《もだ》える。

「よかったら、抱いてみますか？」

「え……っ？」

「大丈夫です。絶対に引っ掻きませんから。お友達の猫さんのときは、抱っこしようとして引っ掻かれちゃったみたいですが、ニィさんは安心ですよ」

——本当に全てお見通しなんだ。

見つけるさんがニィさんの身体を両手で持ち上げると、ニィさんの身体が伸びた。落とさないように丁寧にニィさんを受け取り、かなえは膝に乗せてみた。

……あたたかい。

ただの猫ではないと言われたが、生き物らしい血の通った体温だった。ひろきが赤ん坊だったころのあたたかさによく似ていた。

「どうぞ、食べさせてあげてください」

ニィさんの分のお皿がそっとかなえの前に差し出される。ニィさんは暴れたりせず、嫌がることもなく、かなえの膝上でバウムクーヘンを食べていく。

頭や背中を撫でてあげると、気持ちよさそうに喉を鳴らしてくれた。

子供のころ、猫を飼っている友達を羨んでいたのを思い出す。幼いころに描《えが》いた小さな理想が叶い、心が癒《いや》されるのを感じた。

「ごちそうさまでした」

ニィさんがバウムクーヘンを食べ終えると、見つけるさんはぺこりと一礼した。

「失くし物をされて大変だったと思いますが、少し、落ち着きましたか？」

「……はい」

「かしこまらなくていいですよー。もっと砕《くだ》けた口調でも大丈夫です」

ごろごろとニィさんも喉を鳴らす。身をよじる様子もまた、愛くるしい。

「それでは、話を伺いましょうか」

見つけるさんはよいしょ、と腰を軽く浮かせて座り直す。微笑と共に尋ねてくれた。

「いったい、何を失くされたんですか？」


「……結婚指輪、ですか」

「うん……」

かなえは、言われた通りの口調で喋《しゃべ》りながら首肯した。相手は神様だが、こちらの話し方の方がしっくりくる。

「それはまた、厄介《やっかい》な失くし物をされましたねぇ……」

机の上に両肘を置き、両頬を手で挟んだ見つけるさんは難しそうな顔をしている。

かなえの方は、しゅんと両肩を落としていた。こんなに大切なものを失くすなんて、という情けない思いが気弱にさせていた。

「あ、そんなに落ち込む必要はないんですよ。けっこうみなさん失くされてますし」

「……そうなの？」

「言わないだけですよ。見つからなくてこっそり買い直しちゃう方もいるんですから」

その解決方法はかなえも考えたが、すぐに振り払ったものだ。

夫を騙《だま》すことはできるかもしれないが、自分自身は騙せない。きっと、こっそり買い直した指輪を毎朝着けるたびに悲しい気持ちになるだろう。

もっと怖いのは、それにすら慣れて、失くしたことに対して罪悪感を覚えなくなることだった。

別に大切なモノじゃない。

失くせばまた買えばいい。

そんなふうになってしまうかもしれないことが、かなえにとって一番怖かった。

「でも大丈夫。失くすひとも多いですが、見つけているひともたくさんいます。私とニィさんが手伝います」

「……ありがとう。お願いね」

「はい、お願いされました！　……まずは、どこで失くしたのか、検索条件をはっきりさせたいところです。失くす前、どこかで外したんですか？　それとも、勝手に外れていたんですか？」

「勝手に外れたのは、ないと思う。サイズも合ってたし、むしろ取るのにけっこう苦労していたから……」

「外すことはあったんですね？」

「うん。水仕事の前と、お風呂の前には外してた。外したあとは寝室の化粧台のところに必ず置くようにしてたの。昨日も、寝る前に置いた記憶が確かにある」

「なるほど。……それで、今朝《けさ》見たらそこになかったと」

「うん」

「どんな指輪なんですか？」

「金色で、小さなダイヤが三つ入ってる」

「わわ、けっこう豪華ですね？」

「……うん。結婚する前に、夫が無理して買ってくれたんだ」

言ってから、かなえはまた辛くなる。大事にしていたのに、どうして失くしてしまったのか。

「わかりました。やはりお家の中で失くしたみたいですね。これがわかったのは大きな収穫です。……確かに、このお家の中から気配はしますしね」

「わかるの？」

「なんとなく、ですが。こう見えても神様なので」

ぽん、と胸を叩く様はなかなか頼もしい。

「とはいえ、お家の中と言っても、けっこう広いお家ですからねぇ……」

見つけるさんはくるりと周囲を見回す。

八階建ての大きなマンションだけあって、部屋数も多いし面積も広い。寝室、リビング、和室、子供の部屋──いわゆる3LDKの間取りだ。

「お子さんのお部屋で失くした可能性はないんですよね？」

「たまに掃除するとき以外は入らないの。昨日は入ってないし、それはないと思う……」

「では、あとは他のお部屋ですね。一番怪しい寝室から、一緒に探してみましょうか」

「でも、そこは全部……」

「おひとりで探したんですよね。でも、今度は私とニィさんがいます。もう一度、誰かと一緒に探してみましょう？　お菓子も食べましたし、お茶も頂きました。失くした直後の混乱しているときとは違います。ひとつひとつ、一歩一歩……です」

不思議なことに、見つけるさんに言われることはすっと胸に落ちてくる。

「先に、ニィさんと一緒に寝室へ行ってもらえますか？　私は一応、他の部屋で失くし物の気配を検索してみます」

かなえに抱かれたままになっていたニィさんは、ミャア、と高い声で鳴いた。見つけるさんは頷き返して、食卓を離れて洗面所の方へ歩いていく。

かなえは、ニィさんと一緒に寝室に入る。ひとまず、化粧台の上からものをひとつずつ下ろし始めた。引き出しの中も覗いてみる。引き出しの中の化粧道具も、床の上にひとつずつ置いていった。

ひとりのときは乱雑に置いていたが、今度は丁寧に置いてみた。

「お邪魔します」

見つけるさんが行儀よく挨拶して、寝室に入ってきた。

「やはり、他のお部屋にはないようです。失くし物の気配は、寝室から強く感じます」

「ここにあるのね？」

「はい。見つけましょう。必ず」

にこり、と微笑んでくれる。

——なんだか見つかるような気がしてきた。

指輪を失くしたとき、落ち着こうと自分に言い聞かせたときとは真逆のことを、かなえは考え始めていた。

その良い予感は、なかなか実現には至らなかった。

「結果が出ないですねぇ……」

クローゼットの中から出した服を丁寧に畳み終えた見つけるさんが、眉間《みけん》にしわを寄せて残念がる。

化粧台の周辺には、やはりない。周囲の床はもちろん、家具の隙間も手分けして探してみたが、どうしても見つからない。

乾いた洗濯物はすぐにクローゼットの中に入れるから、もしかしたら——ということで、もう一度服を全て引っ張り出したが、成果はなかった。

見つけるさんが丁寧に畳んでくれたおかげで、クローゼットの中はずいぶんと綺麗になった。だが、もちろん心は晴れない。

ニィさんは空っぽのクローゼットの中をうろうろしていたが、途中で飽きて、床でごろ寝を始めてしまっていた。

「少し、休憩しましょうか」

「……そうね」

根を詰め過ぎてもよくない。そうやって冷静に思えるのは、隣に誰かがいてくれるからだ。

「ところで、先ほどから気になっていたのですが、水仕事の前に必ず指輪を外されてたんですよね？　それは、指輪が傷まないように……ですか？」

「うん」

「ずいぶんと大切にされてますねぇ～……高価な物だからですか？」

「それもあるんだけど、ただの指輪じゃなくて……買う前に色々あったから思い入れが強いの」

「ほうほう。何か特別なエピソードでも？」

「そんな大した話でもないわよ？　……買うときに、旦那が無理してお金を払ってくれたから。それだけよ」

「旦那様とはどんな出会いだったんですか？」

「職場で出会ったの。私が後輩で、あの人は同じ部署の先輩だった」

「親切にしてくれたんです？」

「うーん……仕事の教え方については、そうかな？」

「他はそうじゃなかったんです？」

「うん。……けっこう、無口なひとだったんだ」

仕事について尋ねれば丁寧に教えてくれるが、その他については挨拶以外、特に話した記憶はない。

「あのひとと結婚することになるなんて、最初は思いもしなかったなぁ……」

かなえが昔を思い返していると、ミャア、とニィさんが鳴いた。

クローゼットの中――足元の方をトントンと前足で叩いている。アルバムの背表紙だった。「ニィさ～ん、お行儀が悪いですよ～」

見つけるさんが歩み寄って、ニィさんを持ち上げる。ニィさんは尻尾をぶんぶん振って抗議していた。

「うーん……？　ここに何かあるみたいなんですけど、見ちゃっても大丈夫です？」

「え、えぇ……」

指輪があるのかもしれない。期待感と共に、かなえは本棚に納めるような形で立て掛けていたアルバムを数冊抜いた。

ニィさんはその中から、ピンク色の背表紙のものを選び、前足を器用に使ってパタンと開いた。

「お写真……ですね」

「うん。これは、会社の送別会のときのかな……」

「誰の送別会です？」

「私のよ。……会社の業績が悪くなって、何人かクビになっちゃったの」

「……いわゆるリストラです？」

「えぇ」

かなえは苦笑する。姿は子供なのに、難しい言葉を知っているものだ。

「私がいた部署で、辞めるのは私だけだった。送別会で隣に座ってくれたのが今の旦那だったの。……あのひと、謝ってくれたわ」

――ちゃんと仕事してくれている。辞めさせないでほしい。

上にそう伝えたけど、どうしても人件費の件で折り合いがつかなかった。

申し訳ない。

「もっと一緒に仕事したかったです、って。……私、すごく嬉しかった。そのとき気が付いたんだよね。会社にいらないって言われて、やっぱり傷付いてたんだって。普段あまり接点のない部長とかに言われるより、いつも隣で仕事してるひとに言われたから余計に勇気付けられた。……黙っているそばで、そんなふうに思ってくれてたのかぁって感動したな」

「だから、お二人で写っている写真が数枚あるんですね」

「うん。同僚の子に頼んで撮ってもらったの」

「お二人とも、とても素敵な笑顔です。……ちょっと寂しそうですけど」

「……そうね。お別れのときだったから」

「でも、この最後の一枚は素敵ですよ？」

「それは、私からお願いしたあとに撮った写真だから。同僚じゃなくなっても、悩み事の相談とか近況報告とかしてもいいですか？　って」

「わぁ、積極的ですね～っ！」

見つけるさんが夢心地な視線でうっとりと頬を薄く染める。神様で見た目が幼いとはいえ、女性は女性のようだ。恋バナには目がないらしい。

「それでそれで、連絡を取り始めたんですよね？」

「……うん。新しい仕事が決まったあと、おごりで飲みに誘ってくれたりしたかな」

「優しいですね」

「うん」

結婚したあとで『下心は少しあった』と打ち明けられたけど、そこは黙っておく。

「それから、お付き合いに発展したんです？」

「……うん」

そうなるまで、あまり時間は掛からなかった。

何度か飲みに誘われて一緒に時間を過ごしたあと、彼から言われた。

——自分も、今の会社を辞めるつもりです。

付き合いのある会社が事業拡大を計画していて、ウチで働かないかって話を頂きました。ちゃんと続くかわからないけど、うまくいけば給料も上がるし、冒険してみようと思います。

「って長い前置きしてから、私の目を見て言ってくれた」

——そばで、支えてくれませんか？　うまくいけば、その先もずっと。

「びっくりしたけど、それよりも笑っちゃった。付き合うの通り越して、プロポーズみたいだったんだもん」

「いやぁぁぁ……でも、素敵な話ですよぉ～～。胸がきゅんきゅんします」

ナオウゥ、とニィさんも頷いていた。

「付き合ってからも色々あったけど、最初はお金がなくて大変だったな……。私、転職するまでに時間掛かっちゃったから、貯金も食い潰してたし。彼の方も付き合いで飲み歩くことが多くて、あまり貯金ができてなかったし」

「それでも、結婚を決意されたんですよね？」

「うん」

　──彼が好きだったから。

「式を挙げられない代わりに、せめて指輪くらいは、って言われて宝石店を回ったわ。私はなんでもいいって言ったけど、一緒になって色んな店を回ってくれた。その中で、どうしても気に入った指輪があったの。……予算外だったけど、あのひと、無理して買おうとしてくれた。いい、要らない、って何度も言ったのに絶対譲らなかった」

「……きっと、お店を巡っている間、あなたのことをずっと見ていたんですね」

「そうだと思う。なんでもいいって言う私が目を輝かせる瞬間を待っていたのね。黙っているけど、そういう気遣いはできるひとだった」

　全部語り終えたかなえは、ふと天井を仰ぐ。

「……そう、今でこそこんな広い家に住んでいるけど、本当に、あのころはお金がなくて大変だった」

「じゃあ、今は幸せなんですね」

　見つけるさんの言葉に、かなえは頷き返すことができなかった。

「……どうなんだろう」

　こぼれた言葉を聞いた見つけるさんは、無言を返してきた。そのせいで、つい愚痴が口に出る。

「最近は仕事が忙しくて、話すことが少なくなったわ。夜は遅いし、朝は早いし……小さなケンカも増えた」

神様とはいえ、子供の姿をしている存在に言うようなことではないかもしれないが、止まらなかった。

「昔は忙しくてもこんなことなかった。おかえり、ただいま、って挨拶をちゃんとして、一日にあったことをその日のうちに話して、二人で狭いアパートに住んでたから、夜もひとつの布団に二人で寝て——ずっと一緒だったのにね。あのひと、子供ともあまり話してないみたい」

そこまで言って、かなえは口をつぐむ。

「ごめんなさい、愚痴っちゃって」

笑って済ませようとした。

だが、今までずっと笑っていたはずの見つけるさんは、笑ってくれなかった。

「寂しいんですね？」

指摘された瞬間、動揺するよりも早く、涙が溢《あふ》れそうになった。慌てて顔を背けて口を押さえる。

……どうしてわかるんだろう。やはり、神様だからなのだろうか。

「大丈夫ですか？」

「……うん」

頷いたが、やはり溢れるものは止まらない。

「……今の方がお金はあるけど、昔は、もっと二人で楽しかった。子供も産まれて幸せなはずなのに……なんでなんだろうね」

「旦那様を愛せなくなりましたか？」

「……そう、なのかな」

「それは嘘ですね。そんなことないですよ」

今度は、きっぱりと断言されてしまった。

「どうして言い切れるの……？」

「だって、指輪を失くして困っているじゃないですか」

見つけるさんは、にこりと微笑む。

「指輪を失くして、部屋の中のものを全部ひっくり返して、私にもお願いしてくださいました。必死になって探しているんです。それは、お金がもったいないからとか、そういう理由じゃないでしょう？」

「………………」

「さっき言っていましたよね。思い出の品だって。お金がないのに、たくさんのお店をあなたのために歩いてくれて、あなたのために無理をして買ってくれた指輪だって」

見つけるさんの笑みは先ほどとは打って変わって、大人びた笑みだった。

「全ての検索条件が答えを告げています。大切にしていたのは高価な指輪ではなく、思い出だったんですよ。大切なひととの思い出なんです。だから、愛せなくなったなんて嘘ですよ。愛しているから、必死に探していたんです」

繰り出される言葉に、かなえは呆然《ぼうぜん》とするしかなかった。

何かを言わなくちゃいけない。そう思って口を開いた瞬間、玄関の鍵が開く音がした。ベッドの目覚まし時計を見ると、いつの間にか十六時を回っていた。ひろきが学校から帰ってくる時間だ。

「あなたが失くしかけていた本当の探し物……もう、忘れないでくださいね」

振り返ると、見つけるさんとニィさんの姿は消えてしまっていた。

指輪はまだ見つかっていないけど、もう見つける必要がない——そう言われた気がした。

「ただいま」

「……おかえりなさい」

「誰かいたの？」

「ううん、誰も」

かなえは、開いていたアルバムを閉じた。それから、スマホで夫のすぐるにメッセージを送ることを決めた。

『話したいことがあるの。忙しいことはわかってるんだけど、今日か明日、時間が取れない？』

そこまでを一息に、弾丸のように打ち込んで送信ボタンを押す——その直前、計ったかのように端末が震えた。

『ちょっと話したいことがある。今日は早く帰る』……と、すぐるからのメッセージだった。


すぐるが帰ってくるまでの間、かなえは落ち着かない時間を過ごしていた。

ひろきは、早めの夕飯を食べて塾に行っている。

時刻は二十時。もうすぐ、夫が帰ってくると言っていた時間になる。

そわそわしてしまっているのは指輪を失くした負い目のせいではなく、『話がある』と告げられたからだ。

経験上、この話の切り出し方でいいことを言われたことはない。

どちらかにとって、よくないことを言い出すときに使われてきた。

……今朝の寝坊のことを怒っているのかもしれない。

それは楽観的な考えで、もっとひどい予想をするなら、別れ話を切り出されるのかもしれない。

（……まずは、帰ってきたら向こうの話を聞こう）

最近はずっと忙しくて、外から見ていても疲れ切ってイライラしているのが伝わってきた。ケンカになるのが嫌でかなえの方から距離を置いてしまっていたが、よくよく考えれば話を聞いてあげて、支えてあげるべきではなかったか。

だから、まずはどんな話でも聞こうと決めた。

それから、謝る。

あと、指輪を失くしたことも正直に打ち明ける。

それで、思い出した大切なことも伝える。

不安はもちろんあるが、それ以上の覚悟を持って挑もうと決めた。

チャイムが鳴って、玄関の方から鍵を回す音が聞こえる。

小走りで玄関に向かうと、スーツ姿の夫が憔悴《しょうすい》した顔で靴を脱いでいた。

「……ただいま」

「おかえりなさい」

不安を隠して、できるだけの笑顔で迎えたつもりだ。

しかし、その笑顔を見たすぐるは、いっそう気まずそうな顔をした。

「お腹空いた？　お風呂、先に入る？」

「いや……先に話すよ。……服、着替えてくる」

ネクタイを外しながら寝室に向かう後ろ姿を見送り、リビングで椅子に座って待った。

部屋着に着替えたすぐるが、対面に座る。

「……いい話？」

「いや……ごめん、悪い話」

やっぱり、と心中で呟く。ぐっ、とお腹に力を入れてから「どんな話？」……と言い掛けて、ハッと気が付いた。

テーブルの上に置かれたすぐるの左手。その薬指に、指輪がない。

「あなた、指輪は？」

う……と、身じろぎされた。

「もしかして……失くしたの⁉」

思わず大きな声が出てしまう。それを責められているように感じたのか、すぐるは苦々しく顔を歪《ゆが》めてから頷いた。

「気が付いたらなかったんだ……。会社のトイレで手を洗ったときに気が付いて、同僚にも手伝ってもらいながら探したんだけど、どうしてもないんだ。昨日、寝る前まで着けてたはずで、でも、どこで失くしたかわからなくて……」

「………」

「本当にごめん。ただの指輪じゃなかったのに……」

すぐるの指輪はかなえほど高価なものではないが、形と色がお揃いのペアリングだ。

「失くしたとき、昔のこと、思い出した？」

問われたすぐるは少し考えてから、神妙な面持ちで「あぁ」と頷いた。

「見栄《みえ》張って、高い指輪を買ったんだよな……お前と一緒に、一生大事にするって約束したっけ……。自分が情けないよ。ごめん」

その言葉を聞き終える前に、かなえは背中を丸めて涙を流してしまっていた。

「ごめん。本当に、ごめん」

「違うの……悲しくて泣いているんじゃないの……」

──ちゃんと、言わなければ。

「あなたと同じ気持ちだったことが、とても嬉しいの……」

俯《うつむ》き、夫に頭を撫でられて涙を流すかなえは思う。

──話そう。ちゃんと。

あの小さな神様の言う通りだ。私たちはまだ、失くしていない。

＊＊＊

翌朝、かなえはすぐると共に七時ごろに仲良く、一緒に起床した。

かなえが朝食を作っている間に、すぐるは洗面所で顔を洗う。テレビからはニュースキャスターの声がしている。朝食が出来上がり、すぐるが身支度を整え終えたころ、ひろきが眠たそうに起きてきた。

「あれっ、パパ？　会社は？」

「これから行くよ。ゆっくり行けるときは、ゆっくり行くことにしたんだ」

「そっかぁ。……雨降らない？」

すぐるが思わず笑い声を上げた。かなえも笑ってしまった。昨日までは考えられないような穏やかな朝だった。こんなふうに家族で笑い合ったのは、いつぶりだろうか。

かなえとすぐるは、どちらも指輪をしていない。昨日は色んな事を話し合っている間に時間が経ってしまい、探すことができなかった。だが、焦りはない。のんびり探してみよう、と二人で話し合って決めた。見つからなければ、そのときはそのときだ。

それよりも、きちんと二人で話し合えたことが収穫だった。

互いに支え切れなかった。自分のことばかりで、相手のことを思《おも》い遣《や》れなかった。

そんな話をひろきが帰ってくるまでずっとした。

ひろきは「なんだか二人とも優しいね」と戸惑っているが、今朝の様子を見るに、やはり喜んでいるようだった。

八時前になると、すぐるとひろきが出掛ける準備をし始めた。

すぐるが寝室からビジネスバッグを提げて出てくる。ひろきは、まだ出てこない。

……それをいいことに、かなえはすぐるにそっとキスをしていた。

「いってらっしゃい」

「なるべく早く帰るよ」

言葉を交わしたところで、ひろきが玄関へやってきた。

「いってきます」

「いってらっしゃい」

笑顔で送り出して、かなえも「さて」と寝室に戻る。化粧台に座り、髪を整えるためだ。鏡に映る顔はとても充実していた。少なくとも、昨日よりは。

「……？」

櫛《くし》を取ろうとした手が止まる。

見つめているのは鏡の前のリングホルダーだ。いつも指輪を置いていたその場所に、失くしたはずの輝きが二つ。

「どうして……？」

指輪だった。二人で買った思い出の指輪が、あるべき場所に二つとも収まっていた。

あれほど探したのに見つからなかったものが、元の場所に戻ってきた。

理由はわからない。

……でも、こんなふうに助けてくれる存在は、ひとつしか思い当たらない。

一番見つけなくてはいけないものを見つけたから、姿を消したのだと思った。

でも、それだけではなかった。

かなえは二つの指輪を手のひらに乗せて、握り締め、思う。

あの小さくて、可愛くて、お菓子をおいしそうに食べる猫を連れた神様はきっと、指輪もちゃんと見つけてくれたのだ。

……たぶん。

＊＊＊

同日。時計の針をぐるりと回して、十五時半。

かなえがすぐるに指輪が見つかったことを連絡して、パート先で働いているころ、ひろきは学校から下校していた。家に戻り、部屋に入ったひろきはランドセルを放り投げ、急いで家を出る。母親が帰ってくるまで一時間近くある。十分間に合うはずだ。

家を飛び出たひろきが向かったのは、商店街だった。

枝分かれしている商店街の脇道から本通りへ入り、駄菓子屋を目指す。

昔ながらの駄菓子屋で、老婆が店番をしている店だ。

その店内に、彼女——見つけるさんがいた。

「今日は杏仁豆腐を我慢しましたからね！　ええと、これと……あれと……」

ひろきは、駄菓子を選んでいる見つけるさんの肩を叩いた。

「はい？　あっ！　ひろきさん！　学校終わったんですか？」

「うん。あの、これ……お礼に」

ひろきは見つけるさんに、何かを差し出す。数日前に買っておいた駄菓子だった。酢こんぶ、ラムネ、マーブルチョコというラインナップだ。

「わわわわっ、私の大好物ばかりじゃないですかーっ！　いいんですかっ？」

「うんっ。……全部、うまくいったから」

それを聞いた瞬間、見つけるさんがにこりと微笑んだ。

「それは、よかったです」

「お礼を言いたかったんだ。見つけるさんの言う通りにしたら、本当にパパとママが仲良くなったよ」

「それはそれは。うまくいってよかったですねぇ」

「うんっ！　でも、どうしてあんなすぐに……？」

問われた見つけるさんは、「うーん……」と、少し悔しそうな表情を見せた。

しかし、すぐに笑顔に戻った。

「いずれわかりますよ。きっとね」

……ひろきと見つけるさんは、駄菓子屋でよく話す間柄だ。

ある日、元気がなかったひろきを見て、見つけるさんは理由を尋ねた。

するとひろきは両親の不仲について相談してきた。

……その後、たっぷり考え込んだ後、見つけるさんはニィさんをじっと見つめた。

そして、ひろきに言ったのだ。

――一晩だけ、お二人の結婚指輪を隠してみてください。

――お二人がまだ愛し合っているなら、きっとうまくいきます。

「失くすことで見つかるものってね、けっこうあるんですよ」

「ふぅん……」

「それよりも、素晴らしい三品です！　酢こんぶにラムネ、マーブルチョコ！　よくぞ持ってきてくださいました！」

見つけるさんが好物を前にして騒ぐ足下で、ニィさんが大きな欠伸《あくび》をした。

「………」

「なんですか、ひろきさん」

「見つけるさんってさ、本当に神様なの？」

「当然ですよ！」

「そっか。……そんなこと言うせいなのかな、なんだかババくさいとこもあるよね」

見つけるさんは、絶句した。その後、顔を真っ赤にして火を噴いた。

「レディに向かってなんてことを言うんですか――ッッ！」

＊＊＊

見つけるさんはひろきと駄菓子屋で別れたあと、ニィさんと共に日立門商店街を散歩していた。歩きながら、ひろきから貰った駄菓子をちまちま食べ始めている。暴言の代償として、キャラメルが追加されていた。食べ歩く様子を、ニィさんが歩きながら見上げている。

「……おいしそうに食べるよね、キミは」

呆《あき》れるような口調で放たれたニィさんの言葉に、ええ、と見つけるさんが頷く。

「何回食べても飽きません。おいしいです。しあわせです」

「ボクは昨日食べたバウムクーヘンの方が好きだけどなぁ」

「ええ、ええ……あれは素晴らしいものでした。失くし物も無事に見つかったわけですし、あれです、今風に言うと……うぃんうぃん、ってやつです」

「神様に横文字は似合わないよー」

「バウムクーヘンを好きだと言った口が何を言いますか」

「それとこれとは別ローー」

「都合の良いお口ですこと」

「一応、これでも猫だからね。気まぐれだし自分勝手なの。でも、たまに役に立ったりもする。アルバムを引き出すタイミング、ばっちりだったでしょ？」

見つけるさんが、渋い顔になった。

「……悔しいですが、さすがです。完璧でした」

そもそも、今回の指輪を隠すというアイディアもニィさんの発案だ。

「ま、前回はボクの助けなんていらないとか言われたし。少しは威厳を示しておかないと、キミが調子に乗るからね」

「ぐぬぬ……」

「ただ、あの子から事前に聞いていた母親の情報をうまく利用して、自分を神様だと信じさせたのはうまかった。上手だったよ」

実を言うと、今の見つけるさんに読心の力や、失くし物の気配を探る力はない。

母親が猫嫌いであること、そうなった経緯、二人の馴《な》れ初《そ》め、アルバムの場所……これらはひろきから事前に聞いていた。全て、計算通りに事を運んだのだ。

「ボクへの悔しさより、あの子の幸せをきちんと喜んだのも、とてもよかった。その気持ちをいつまでも大事にね」

「わかってますよー。……当然じゃないですか。そんなに性格悪くないです」

見つけるさんは唇を尖らせる。チョコの欠片が、唇の端についてしまっていた。

「……本当にうまくいってよかったよ。うまくいかないことも十分考えられたからね」

「そうでしょうか？　少し話しただけですが、とても理性的で芯のある女性だと見受けました。私たちの助力がなくても、本当の探し物に気が付いたと思いますけど」

「それは、大切な指輪を失くしたからだよ。失くさなければ、失くしかけていること に気付けないことはいっぱいある。みんなね、いつだって、大切なものを失くしてか らその大切さに気付くのさ。ひとも、神様も。……難儀なものだね」

「そうですね。人の世は豊かになりましたが、それは昔と変わらないかもしれません」

「キミはそんなこと言えるほど歳取《とし》ってないでしょー」

「知識は豊富なんですー」

「でも、元になるものが作られてからまだ十数年、神様になったのもつい最近でしょ。まだまだ子供だよ。特に神様としてはね。……ま、そんな短い期間で神様になれちゃう辺り、キミは特異で特別な珍しい存在なんだけどさ。力も強いし」

「うふふ。そうでしょう？　すごいでしょう？」

「だけど、変わり種だから、ボクがワクムスビに命じられて監督してるんでしょ。それをお忘れなく。調子に乗って変に大人ぶらないよーに」

「むぅ……子供だからだめってわけでもないでしょうに」

「それは、今回キミに相談したあの男の子のように、ってこと？」

「ええ。ニィさんの見立てでは、あのまま数年経過していれば、あの方のご両親は互いに行きつくところまで行っていたかもしれないのでしょう？　二度と取り戻せないところまですれ違うかもしれない――ひろきさんはそれを察知していたからこそ、思い悩んでいたんです」

「そうだね。……あの子も、家族を守ったんだろうね」

「そうです。あの子も愛しているんですよ。自分のご両親を。だから守ったんです。……自分の家族を。立派に、です」

「……珍しく、キミと同じ考えになったね」

見つけるさんがハッとなり、わたわたと慌て始めた。

「べべっ、別に、ニィさんの真似をしたわけでは！」

「わかってるわかってる。神社に帰ったら、スタンプひとつ押してあげるね。……ところで、酢こんぶ半分貰っていい？」

「えー……」

「いつもお小遣いあげてるでしょ？」

震える手で、見つけるさんは酢こんぶを差し出した。

それをどこかで見ていたのか、商店街に潜《ひそ》んでいた眷属の猫たちも寄ってきた。

「あげませんよっ⁉」

「あら、見つけるさん！」

見つけるさんと、ニィさんを含む猫たちが同時に声に反応した。

近所の中学校の制服を着た女子生徒が小走りで駆け寄ってくる。日本人形のように長い黒髪が特徴的な、如何にも大和撫子《やまとなでしこ》といった装いの女子だった。

「あっ！　舞浜《まいはま》さん！　こんにちは！」

「ふふ、こんにちは。ニィさんも、こんにちは」

みゃあ、とニィさんが鳴き声を返す。

「今日も、また何か探し物ですか？」

見つけるさんに問われた女子——舞浜冴子《さえこ》は、いいえ、と上品に首を振った。

「姿を見かけたので、ご挨拶に来ました」

「わざわざありがとうございます！　……あ、ひょっとして、下校途中でしたか？」

見れば、通りの向こうに同じ制服を着た女子生徒がいる。こちらの様子を見ていた。

「お友達と一緒だったのに……ご丁寧にありがとうございます。嬉しいです！」

「ふふ、喜んでもらえて何よりです。……また困ったら、助けてくださいね」

「はい！　いつでも頼ってください！」

見つけるさんと舞浜冴子は互いに笑顔を交わし、離れていく。

＊＊＊

「お待たせ」

笑顔で戻ってきた舞浜冴子を、親友の女子は不思議そうな表情で出迎えた。

「何、あの子。知り合い？　もしかして、弟のカノジョ？」

「そんなわけないでしょう。洋介はまだ小学生よ？」

「小学生でもさ、いる子はいるじゃん。幼稚園でキスする子だっているんだしさぁ」

「ないない。洋介はそんなにませてない」

見つけるさん相手には丁寧に話す舞浜冴子だが、親友相手には砕けた口調で喋っている。とりわけ、この親友は彼女にとって特別な存在だった。

「あの女の子にね、この前、落としたスマホを見つけてもらったの」

「へぇっ。……あれ？　でもそれ、神様を名乗る女の子に見つけてもらったんじゃ？」

「だから、あの子がそうなの。見つけるさん」

「え、あれがっ？　……って、もういないか。残念。少し話してみたかったのにな ー」

「神様を『あれ』だなんて……罰が当たっても知らないよ？」

「あはは……でも、所詮はごっこ遊びじゃん？」

ごっこ遊びの部分は無視して、舞浜冴子は親友を叱《しか》る。

「普段の心構えから気を付けないと、いざってときに困るかもしれないでしょう？」

「丁寧なのは私には似合わないよ。冴子なら綺麗だし、ばっちりだけどさ」

冴子は視線を逃がして、髪の毛を指で弄《いじ》る。

「照れてるし」

見透かされた冴子は、困ったように笑った。

「……もうっ。早く帰ろう。さっきも言ったけど、渡したいものもあるし」

「あ、そうだったね。てかさ、何をくれるわけ？」

「受け取ってからのお楽しみ。……ふふふ」

仲睦《なかむつ》まじく歩く二人が見つけるさんに助けを求めるのは、翌々日のことだ。

三件目　見つけてはいけなかったもの

舞浜冴子と見つけるさんの出会いは、数日前に遡《さかのぼ》る。

彼女の両親は商店街の洋服店・一番星《いちばんぼし》の店主だ。下には小学五年生になる弟、洋介がいる。

姉でもある彼女は、家でも学校でもしっかり者で通っていた。

洋服店は商店街が出来たころからの老舗《しにせ》で、若者から年配向けまで、幅広く商品を扱っている。冴子は、中学校に入学してから店を手伝うようになった。

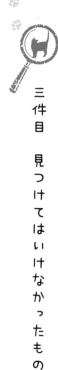

手伝いの内容は多岐《たき》にわたる。店番から流行のチェック。さらに、母親が日本舞踊の教室もやっている関係で着付けを手伝うこともある。冴子自身も日本舞踊を母から教え込まれていた。

さらに、婿入りしてきた父親は元服飾デザイナーで、現在も服の製作を請け負っている。メーカーからではない。店の個人客から直接、オーダーメイドという形で商品を作るサービスをしているのが店の特色だった。冴子は、その仕事も手伝っている。父にはない瑞々《みずみず》しい感性は、商店街でもちょっとした評判だった。特に、同年代の女子からは圧倒的に受けがいい。家族からの信頼が厚く、本当によくできたしっかり者の長女。慌てることも、めったにない。

それが冴子の人となりだが、数日前、彼女が珍しく大いに慌てた事件があった。別の街で洋服を見てきた日のことだ。自宅へ戻ったあと、スマホがないことに気が付いた。

ただ失くしただけなら自分だけの問題で済むが、タイミングが悪いことに、その日――親友の新木場《しんきば》風香《ふうか》と約束をしていたのだ。

「今日さ、部活の合宿じゃん？　夜の自由時間が暇だからさ、電話に付き合ってよ！」

彼女はテニス部に入っている。冴子にとって風香は大切な友人だ。特別なひとだ。既に十八時を回り、陽《ひ》は落ちている。風香から電話が掛かってくるまであと二時間程度しかない。もしも電話が見つからなければ、彼女との約束を破ることになる。それは冴子にとって、絶対に避けたいことだった。

別の電話で連絡をしようにも、風香の電話番号がわからない。連絡先の情報は全て、失くしたスマホの中だ。風香の連絡先を知っているクラスメイトの連絡先も、スマホの中だ。

誰か出てくれるかもしれない。そう思い、家の固定電話から自分の電話へ掛けてみたが、電源が入っていないようだ。――そういえば、電池の残量が少なかった。

スマホは、鞄の外側にあるポケットにいつも入れている。電車を降りたとき、母親に連絡をしたところまでは手元にあった。歩きながらポケットに差し込んだはずだったが、落ちてしまったのだろう。

冴子は急いで駅へ走る。落とし物が届いていないか、駅員に尋ねた。空振りだった。

知り合いの店に駆け込み、組合の落とし物管理者にも電話で尋ねた。進展はない。

最悪なことに、近くに住んでいるクラスメイトは風香だけだ。今晩は両親も留守だと聞いている。――万事休す。足元がおぼつかないまま、通りへ出た。

「あの、どうしたんですか？　何かお困りですか？」

落ち込んでいるところに声を掛けてくれたのは、小さな女の子だった。

一目で育ちが良いとわかる、上品そうな女の子。弟の洋介より少し年下だろうか。

「……失くし物をしちゃったの」

「何を失くされたんですか？」

「……スマホ」

　女の子は眉をひそめた。

「それは一大事ですね……」

　だがすぐに、にこりと微笑んだ。

「でも、大丈夫です。私、見つけるさんと申します。こう見えて、神様なんです。失くし物、落とし物を探すのが大得意なんです。よければ、頼ってくださいませんか？」

　冴子は苦笑した。女の子を馬鹿にしたわけではない。ただ、悪すぎる状況に対して、力なく笑うしかなかった。

「ありがとう。……でも、もう無理だと思う。すぐに見つからないと間に合わないから。ただ見つかるだけじゃ、意味がないの」

「どういうことです？」

「友達と約束をしてるの。大事な電話なの。……もうすぐ、約束の時間なのに……」

「……ええと、時間、そんなにないんですか？」

「うん……もう、あと一時間くらい」

　うぐ、と女の子は唸《うな》った。

「た、確かにそれは辛いですね……。本来の私ならすぐに見つけてみせるんですが、今の私は、そういう時間制限付きの失くし物には弱くて……あ、でも……う、うー、うー……」

女の子は何かを思いついた様子だったが、苦悩した。

「い、いやでも、大切なお電話なんですよね。それならお願いすべきですし、ニィさんもきっと助けてくれるはず……ニィさんっ！　すみません、戻ってきてください！」

女の子が叫ぶと、みゃーご、と猫の鳴き声が聞こえた。

冴子も振り返る。白い猫が、こちらに向かって歩いてきていた。

「ニィさん、すみません……たまにはひとりで夕方の散歩をしてみたいと言った矢先なんですが……私の手に余るんです、お願いします、この方の失くし物を見つけてもらえませんか？」

問われた白猫は寝そべり、じっと冴子を見つめてきた。その後、女の子に視線を移す。そっけなさそうな目だった。

「そ、それは重々承知です。本来はニィさんのお役目ではありません。私のお役目です。……ですが、この方、お友達から電話が掛かってくるんです。大切な約束なんです。どうか、お願いできませんか？」

ふぅん？　と言いたげに白猫の片目が吊り上がった。

ニィさんと呼ばれた白猫は、赤い瞳で再び冴子を見た。

不思議な眼差《まなざ》しだった。

「大切な約束なの？　と尋ねていらっしゃいます」

「……え、えぇ……そう、ですが……」

冴子の胸中に、まさか、という思いが渦巻いていた。

見つけるさんなる神様は知らない。聞いたことがない。

だが、日立門商店街には古くから大人たちが信奉する守り神がいる。……猫たちをまとめ、人々を見守る神様。猫返しにご利益があり、商売繁盛の招き猫とも言われている、猫神様。

「……約束ならしょうがないね、守らないとね、だそうです」

見つけるさんが言った瞬間、ニィさんは立ち上がった。

みゃぁあああごおぉぉ、と野太い声で鳴いた。

どこからともなく猫が数匹、集まってきた。四匹、五匹……あっという間に八匹になった。

頭を垂れるようにニィさんの周りへ集まり、ニィさんは一匹ずつ目を合わせていく。

ニィさんは、一匹の子猫のところで動きを止めた。

ふんふん、と頷くような仕草を見せて、見つけるさんに向かって小さく鳴いた。

「ついておいで、と仰ってます」

白猫の案内に従い、冴子は歩き続けた。

商店街の本通りを抜けて、駅の方角へ向かう。駅の手前辺りで小道に折れた。

路地裏というイメージがぴったりの小道に、小さなスナックバーがあった。この街で生まれ育った冴子ですら来たことのない場所だった。ニィさんが振り返り、尻尾を小さく振った。

「店の中で尋ねてごらん、だそうです」

準備をしていたスナックのママに尋ねると、冴子のスマホは見つかった。

先ほど道端で拾ったが、店の準備に追われていたので、あとで警察か商店街の組合に連絡しようと思っていた――とのことだった。

「ありがとうございます……ありがとうございます」

冴子はスナックのママに何度も頭を下げた。それ以上に、見つけるさんとニィさんに何度もお礼を言った。

「そ、そんなかしこまらないでください。いずれは手元に戻ってきたでしょうし……」

「こんなに早く見つけられたのは、猫神様と、猫神様にお願いしてくれた見つけるさんのおかげです。おかげさまで、約束を破らずに済みそうです。本当に、ありがとうございます」

見つけるさんの足元で、ニィさんはツンと澄ました顔で首を振った。ナオウ、と威厳のある鳴き声のおまけつきだ。見つけるさんが通訳してくれる。

「あの、ニィさんが猫神様だということは、くれぐれもご内密に願います。……正体がバレちゃうと、気軽にごろ寝できなくなっちゃうからね、だそうです」

冴子は丁寧にお辞儀をする。

「承知いたしました」

「でも、私のことは大いに宣伝してください！　落とし物、失くし物を見つける神様、見つけるさんです。新米ですが、必ず見つけてみせます！　お困りの際には、ぜひ頼ってくださいね」

笑顔の見つけるさんにつられて、冴子も笑顔になった。

見つけるさんの笑顔には、笑顔を増やす何かが含まれていた。

「承知いたしました。見つけるさん、これからもどうぞ、よろしくお願いいたします」

それが、舞浜冴子と見つけるさんの出会いだった。

後に、運命の出会いだったと冴子が何度も回想することになる、夜の出来事だ。

それから数日後。冴子が帰り道に見つけるさんに声を掛けた、翌々日のことだ。

冴子は、親友の風香と共に商店街を歩いている。

風香は落ち込んでいる様子で、冴子が彼女の腰に手を添えて歩いている。

向かう先は駄菓子屋だ。

今日は風香の部活も休みで、時刻は十六時を回ったところ。商店街は賑《にぎ》やかで、近所の学生が買い食いをしている姿も見える。

駄菓子屋に着くと、店先には小学生たちが数人群がっていた。独楽《こま》を回して遊んでいるようで、なかなか盛り上がっている。

男の子ばかりの中に、ひとりだけ女の子が交じっていた。見つけるさんだ。

「お、おかしいですね……こうすれば回せるはずなのに……」

紐が掛かった独楽を投げるが、地面を転がるばかりで、さっぱり回らない。

「へたっぴーっ！」

「見つけるさん、ひょっとして不器用？」

男の子たちの集中砲火にさらされた見つけるさんは、半泣きだった。

「り、理論はわかっているんですよ！　わかっているんですってばぁ！」

地べたに寝そべっている白猫のニィさんが、やれやれ、と言いたげにジト目を向けていた。

「……本当に、大丈夫？」

冴子の隣に立つ風香が、不安そうに尋ねてきた。

「大丈夫。私たちだけじゃ見つからなかったし。……そうでしょう？」

風香は、見つけるさんをまったく信じていない様子だった。だが――

「……冴子がそこまで推《お》すなら、信じる」

親友への信頼は固かった。微笑んだ冴子は、男の子たちの中に入っていく。

「こんにちは」

男の子たちの視線が集中する。

「あ、洋介くんのお姉ちゃんだ」

弟の友達――確か、神藤ひろきだったか。久しぶり、と声を返そうとしたところで、

「あ！」と見つけるさんの表情が華やいだ。

「舞浜さん！　こんにちは！」

「えぇ、見つけるさん、こんにちは。……さっそくですみませんが、困っているひとを連れてきましたよ」

「……と、言いますと？」

「見つけるさんを頼りたいと言っている友人を連れてまいりました」

冴子は振り返りながら、風香に視線を送る。

「私の親友、新木場風香です。失くし物で困っています」

見つけるさんの笑顔がさらに深まる。

駄菓子屋の前の男の子たちの輪から離れて、道端に女子三人の輪が新しくできた。

「見つけるさんです！　神様です！　よろしくお願いします！」

「……新木場風香です。よろしく、お願いします」

噂には聞いていたが、本当に神様を名乗るとは。風香のぎこちない口調には、そんな思いが強く香っていた。

「ええと……何から説明すればいいんだろう……？」

風香から助けを求められ、冴子が代わりに説明する。

「実は風香が、フェルト生地のグッズを失くしてしまったんです。私がプレゼントしたもので、キーホルダー程度の大きさのものなんですけど……」

「けっこう小さなものですね……どこで失くされたんです？」

「昨日、学校で失くしたみたいなんです。鞄に入れていたはずなんですが、今日二人で探しても見つからなかったんです。それで、また無茶なお願いで恐縮なんですが……」

眉を曇らせる冴子に、見つけるさんはピンときた様子だった。

「ひょっとして、また早く見つけないとだめです？」

「そうなんです。ただ、私のときよりはまだ猶予があります。明日までにどうしても見つけたいんです」

猫が溢れる商店街と違い、校内で失くしたとなると、ニィさんが探す手はおそらく使えないはず。そんな冴子の不安を、見つけるさんは一蹴《いっしゅう》する。

「なかなかの難題ですね。ですが、ご安心ください！」

笑顔になって、ぽん、と胸を叩く。

「明日まででしたら大丈夫です。今回は私が必ず見つけてみせます！」

「本当に？　本当に見つけてくれる……んですか？」

黙っていた風香が身を乗り出してくる。

「はい！　お任せください！　さっそく学校に行きましょう。あちらの方ですよね？」

「案内いたします」

冴子と風香が先を歩き、見つけるさんとニィさんがあとを追ってくる。

「学校ですよ、学校！　楽しみですねぇ」

喜ぶ見つけるさんの声を背にしながら、風香が冴子に顔を寄せてきた。

「なんか、たまにすごく大人びた話し方する女の子だね。本当に神様みたいじゃん」

言われた冴子は、くすりと笑った。

「……だから言っているじゃない、本物だって」

「う、うーん……そっか」

学校に着くまでの間、風香は時折振り返っては、見つけるさんを観察していた。


二人が通う日立門中学校は、駅から二十分ほど歩いた先にある。

校門に着くと、見つけるさんは「あ、待ってください」と二人を呼び止めた。

「新木場さんが失くし物をしたのって、昨日なんですよね？」

「うん、そう。……です」

「かしこまらなくて大丈夫ですよ！　話したいように話してください」

「あ、ほんと？」

言われた途端、風香が初めて笑顔になった。

「助かるわぁ。冴子と違ってさ、私は敬語が苦手で苦手で……あ、私のことも風香でいいよ」

「わかりました。私のこともみっちゃんとお呼びください！」

「みっちゃんね、了解！　……で、失くし物をしたのは昨日なんだけど、それがどうしたの？」

「でしたら、昨日の朝からの流れを、ひとつずつ私に教えてくれませんか？」

「別にいいけど……失くし物をしたのってたぶん、放課後だよ？」

「だからこそ、です。失くし物をするときって、慌てていたり、何か心配事があったり……平常心じゃないことが多いんですよ」

風香が、少し驚いた様子を見せた。

「だから、ひとつずつ落ち着いて考え、検索条件とするんです。その日の流れを、全部です」

にこりと微笑む見つけるさんと、神妙な様子の風香。二人を眺めていた冴子が、ふふ、と上品に笑いながら風香に耳打ちする。

（ね、すごいでしょう？）

（……う、うん。ちょっと、びっくりした）

「と、もっともらしいことを、言ってはいるんですが、その、実はですね……」

恥ずかしそうに下を向く見つけるさんに、二人は注目する。

「私、学校に通ったことがないので……知識はもちろんあるんですが……実際に通われてる方がどんなふうに一日を過ごすか、お話を聞いて想像してみたい、というのもありまして……」

風香と冴子は、顔を見合わせた。

「すみません！　失くし物をされて困っているのに、こんなことを言い出して……」

「……ぷっ、あは、あははは！」

風香は豪快に笑った。冴子もくすくすと笑っている。

「だーいじょうぶ大丈夫！　怒ってなんかないよ。それじゃあ、お姉さんが校内を案内がてら、昨日一日を振り返ってみせよう！」

「……ありがとうございます！　失くし物も必ず見つけますので、ご安心ください！」

「うん。改めてよろしくね、みっちゃん」

「はい！」

気持ちを新たに、三人は失くし物に挑む。まず、風香が校門を見渡した。

「見ての通り、ここが校門ね。市立日立門中学校。入ってすぐは校庭で、奥に見えるのが私たちの教室がある校舎。ここからは見えないけど、裏側にもうひとつ校舎があ

「渡り廊下が繋がっていて、音楽室や化学実験室、職員室なんかもあります」

ふむふむ、と見つけるさんは話に聞き入る。興味津々だった。

「左の方に見えるのが体育館ね。今だとバスケ部とバレー部が使ってるかな。グラウンドで緑のジャージ着てる連中はサッカー部とか陸上部とか、ごちゃ混ぜだね。体育館の裏側には運動部の部室がたくさん並んでるの」

「テニス部のコートもあるんですよ。風香はいつも、そこで練習してるんです」

「あ、テニス部なんですねっ！」

「風香は女子部員のエースなんですよ。ふふ」

「エース！　いい響きですね～」

風香は、いやいや、と首を振って苦笑する。

「……昨日は朝練休みだったから、冴子と一緒に登校して教室に向かった……よね？」

「ええ。変わったことはありませんでした。……とりあえず、教室に向かいましょうか？」

「はいっ！　お願いします！」

見つけるさんの元気な返事を受けて、在校生二人が先導する。

グラウンドの端を歩く途中、ランニングをしている生徒たちを、見つけるさんは楽しそうに眺めていた。緑色のジャージは指定の体操服らしく、胸元に学校名が刺繍《ししゅう》されている。


昇降口から校舎内に入ると、すぐに下駄箱が見える。二人は上履きに履き替えた。

見つけるさんも靴を脱ぎ、ニィさんを抱き上げる。

「見つけるさん、来客用のスリッパが大人用しかないんですが……」

「そちらでけっこうです！」

サイズの合わないスリッパで、見つけるさんは廊下を歩く。ぱたんぱたんと音がするのが可愛らしく、風香と冴子は笑っていた。

「私たちの教室は三階なんだ。階段、気を付けてね」

転んだら見つけるさんはもちろん、抱えられているニィさんも大惨事になる。

見つけるさんは慎重に階段を歩いていく。

三年一組の教室の前に着くと、二人は立ち止まった。

「ここがそうなんだけど、今は手芸部が使ってるから入れないんだよね……」

「放課後になると、それぞれの教室は文化部の部室になるんです」

「そうなんですね。……他の教室にも、ひとの気配があるようですが……」

　廊下には生徒の話し声や笑い声が響いている。放課後にしては賑やかだ。

「うちの中学って、たぶん他と比べて文化部が元気なんだよね。土日になると商店街でお店もやってるんだけど、知ってる？」

「……す、すみません、初耳です」

「お店のスペースを借りて作ったものを売ったり、フリーマーケットのような感じで出店することもあるんです」

「パソコン部なんかは、お年寄り向けにパソコン教室やってたりもするんだよね」

「町おこしの一環で、商店街の組合が企画したと伺ってます」

「へぇぇぇーっ……」

　心の底から感心した様子で、見つけるさんが吐息をつく。

「空手部も演武とかやるよね？」

「うん、やってたやってた」

　風香相手に、冴子が砕けた言葉で同調する。

「ちょっとした文化祭みたいな感じなんですね！」

「あ、それは近いと思うな。実際、うちの中学の文化祭って、商店街のイベントに参加するときの延長みたいなところあるし」

「最後のキャンプファイアーとフォークダンスは盛り上がりますけどね」

「フォークダンス！　恋愛の香りがします！」

目を輝かせる見つけるさんに、冴子が「あら」と興味を寄せる。

「見つけるさんも恋のお話が好きなんですか？」

「えぇ、大好物ですとも！　胸がきゅんきゅんしますよ～」

「ふふ、そうですか。……じゃあ、あとできっと、きゅんきゅんできますよ。ね？」

冴子が風香に視線を送ると、風香は「ばっ……」と何か言い掛けた。

「……？　どうされたんです？」

「な、なんでもない！　……昨日一日を振り返るんでしょ。教室に着いたあとって、何かあったっけ？」

風香が話を逸《そ》らし、冴子が見つけるさんに伝える。

「特に何もなかったと思います。休み時間に私と話したり、クラスメイトと話したり……午前中は教室の移動も体育もなかったから、お昼までは何もなかったと思います」

「お昼ご飯はどちらで？」

「屋上。私も冴子も、お弁当なんだよね」

「屋上でお弁当！　青春の香りです……っ！」

「あはは。せっかくだし、行ってみようか。……そこでまぁ、ちょっと……変化もあったしね」

風香が顔を赤くして下を向いた。

ふむ？　と見つけるさんが怪訝に思ったときにはもう、風香は階段へ歩き出していた。


屋上には柔らかな風が吹いていた。

「うわぁっ、素敵ですね～」

見つけるさんが両手を羽のように広げ、屋上でくるくると回る。ここ最近は連日、快晴が続いている。昨日の昼間も、心地よい空間だったに違いない。

「そこのベンチで、ご飯を食べてたんだ」

言いながら、風香がベンチの端に座る。再現するように、冴子もベンチの中央に腰を下ろす。

見つけるさんも冴子の隣に、ぴょんと跳び上がって座ってみた。地面に届かない足が、ぶらぶらと宙で揺れている。

「先ほどの様子を聞くに、ご飯を食べている最中に何かあったんですね？」

「う、うん……何かあったってわけでもない……んだけど……」

風香が、再び紅潮した顔を下向ける。

「ふふ……私が渡したフェルト生地のグッズのお礼を言われたとき、ひとつ事件が」

冴子が回想する。

「私の家が洋服店なのは以前お話ししましたよね。お店で日立門商店街を代表するようなグッズを作りたい、って父と話していたんです。そこで、試しにひとつ作ってみたんですよ。その試作品が、風香に渡したフェルト生地のグッズだったんです」

冴子は、見つけるさんの足下で身体を丸めるニィさんを見る。

「日立門商店街の守り神、猫神様のお姿をお借りしたフェルト生地のお守りです。お守り袋のようになっていて、願い事を書いた紙を中に入れてプレゼントしたり、自分への願掛けに使ってもらったり……そんな商品です」

「わわ……素敵ですね！　きっと猫神様のご利益がありますよ！」

ニィさんは欠伸をしながら身じろぎをする。照れているのかもしれない。

「……そのお守りを私が冴子から貰ったのって、一昨日《おととい》だったんだ」

冴子が見つけるさんに挨拶をした日のことだ。

「そのときは単に試作品って説明されて、中に紙が入っていることも聞いてなかったんだよ。で、昨日の昼間にお礼を言ったときに、どういうモノなのか説明されて……」

風香の背中が丸まり、両肩が首を挟むように上がる。なんだかもじもじしていた。

「もうひとつ、色違いで同じものを私がプレゼントしたんですよ。それは、紙なしで」

「……それが、これ」

言いながら、風香は鞄からフェルト生地のグッズを取り出した。

水色の生地で、可愛らしい猫の顔が刺繍で描かれている。

冴子が微笑む。

「こっちは意中の彼に渡してあげてね、ってプレゼントしたんです」

「えっ……！」

ぴくっ、と見つけるさんが反応した。

「このグッズ、カップル用なんです。風香にあげたのは赤色の生地。男女でペアになるよう、色違いなんです」

ううう、と風香が唸る。冴子は構わず続ける。

「私が風香にプレゼントした赤色の猫の中には、『風香の恋が成就しますように』と書いてあります」

「……で、バカな私はそれを失くしちゃったってわけ……縁起でもない話だよ……」

「ちなみに、意中の彼もテニス部なんですよ」

「詳しく聞きたいです！」

見つけるさんもノリノリだった。「ええもちろん」と冴子が微笑む。風香は、二人とは逆方向に視線を逸らしていた。

「その男子も三年生で、風香と同じく一年生からテニス部です。一緒に過ごす時間は長かったけど、意識したのはつい最近のことだそうですよ」

「きっかけって何かあったんですかね？　あったんですよねっ？」

「ええ。うちのテニス部は県内でもなかなかの強豪で、近くの学校と合同で合宿を行うんです」

冴子曰《いわ》く、きっかけとはまさに、その合宿中にあった。

テニスには一対一で試合をするシングルスと、二対二で試合をするダブルスという種目がある。さらに、ダブルスの中には男女でペアを組む混合ダブルスがある。

「中学で混合ダブルスの試合は盛んではありません。ですが、合宿の余興として、トーナメントをやったんですって」

そのとき、風香は意中の彼とペアを組んだ。

「……混合ダブルスってさ、男同士や女同士でペアを組むのと違うから、やっぱり戦術とかも特殊だったりするんだよね」

ルールの話になったところで、風香が口を挟んできた。視線は逃がしたままだ。

「基本的には、男じゃなくて女の方を狙ってみんなボールを打つの。脚力も身体のサイズも違うから、女子の方が穴ってわけ。……それを男子がカバーする、っていうのが基本的な流れ」

意表を突くため、ここぞという場面で男性を狙う駆け引きもあるが、基本は風香が言った通りになる。

「ついでに言えば、同性のペアと違って、味方同士のケンカも多いわけよ。男女だと価値観も違うし。男に上から目線で言われて、かちんとくることもあるし。……私なんか特にそう」

うまくいくペアはなかなか珍しい。

普段慣れない試合形式なだけに、合宿中のトーナメントでは特に小競り合いが絶えない。だからこそ、余興として成り立つ。

「でもさ、あいつさ、なんだかさ、うまくやるんだよね、私の相棒。俺がカバーしてやってるって態度でもないし、でも、カバーはうまくしてくれるし、そのくせ、自分がミスったときは『俺のミスだ』って謝ってくるし、私がミスしてイライラしてるときは、何も言わずに放っておいてくれるし……」

「要するに、相性が抜群だったと」

風香は無言になった。ぱたぱたぱた、と足が地面を激しく叩く。

「優勝したんだよね、風香？」

「すごいじゃないですか～っ！」

返事はなかった。だが、照れているのははっきりわかった。冴子が代弁する。

「風香はね……あいつ、シングルスで大した成績残してないのに、ほんとにいるんだね、あんな奴。って感心してたんですよ」

「あぁ……もう……胸、きゅんきゅんです。ごちそうさまです」

「う、うっさい」

ついに風香が悪態をついた。冴子が話を続ける。

「恋の相談を受けた私は、お守りを渡して後押ししたわけです。明日までに見つけたいとお願いしたのは、明日からまた合宿があるからです。……夜、彼に告白するつもりなんですよ」

「こ、告白違う！　連絡先を交換してってお願いするだけ！」

「はいはい。……もう、いざとなったら奥手なんだから。明日は恋愛運、最高なんでしょう？　勝負するんでしょう？」

少し呆れた様子で冴子が吐息する。一方、見つけるさんは拳を握って燃えていた。

「状況はよくわかりました。必ず見つけます！　……お昼ご飯を食べていたとき、お守りは二つともお手元にあったんでしょうか？」

「う、うん。確かに、鞄の中に二つ入れた……と思う」

「私の言葉に動揺したせいで覚えていない——それが正直なところなんですって」

「う〜……だって、だってぇ……」

涙目になった風香を、見つけるさんは再び「大丈夫です」と励ます。

「ひとつずつ落ち着いて思い出しましょう。条件が揃えば私は無敵です！　大丈夫ですから！」

「うん……」

しおらしい様子で風香が頷く。冴子は、穏やかに微笑んでいた。

屋上を後にした三人は、午後の授業で立ち寄った場所を回ることにした。

まず向かったのは音楽室。ここでは吹奏楽部が練習をしているので、やはり室内には入れない。三人は廊下で話をしている。

「参加を予定している合唱コンクールの練習をしたんですけど、風香は歌わなかったんですよ。……この娘《こ》ったらずっと上の空で、先生に叱られても懲《こ》りないから廊下に立たされたんです」

漫画みたいな話だった。冴子の説明に風香は「だって……」と下を向くが、見つけるさんは笑わない。何かを考えている様子だった。

「ひょっとして、次の授業でもそうだったのではないですか？」

「次は教室に戻って数学でしたけど……」

「私、数学だめなんだ。元々真面目に聞いてないし、先生も諦めてるから問題なし」

「問題あるでしょう」

冴子の鋭い反論に、風香はしゅんと黙る。

「……でも、やはり上の空だったのでは？」

「う、うん……まぁ……」

見つけるさんの追求に対しては、歯切れ悪く同意した。

「なるほど。一日の流れが徐々にわかってきましたね。授業はこれで終わりですか？」

「昨日は、これで終わりでしたね」

お守りはお昼休み、鞄の中に二つとも入れた。

そのはずなのに、家に帰って鞄を開けたら、赤い方だけなかった——ということだ。

ふむぅ……と見つけるさんが思考を巡らせる。

「……授業が終わったあと、お二人はどうされたんでしょう？」

「私は、放課後は部活だったから部室に……冴子は帰っちゃった。……だよね？」

「うん」

「お二人が探されたのは、昨日立ち寄った場所、全てですか？」

「そうだよ？　教室、屋上、音楽室……全部見て回ったんだけど……」

見つけるさんが、首を傾げた。

「部室とかは探さなかったんです？」

「そうだよ？　私、普段から部活には余計なものを持っていかないから」

「……。部活のときに、やはり上の空で怒られたりしませんでした？」

「う……な、なんでわかるかなぁ……」

風香は恥ずかしそうに身を縮こまらせる。

見つけるさんは、人差し指を立てた。

「ひとつ、思い当たる節があります。推論になりますが、ご静聴願います」

真剣な物言いに、風香と冴子が黙る。

「昨日の流れを振り返っていただいたおかげで、ずいぶん検索条件が増えました」

一つ、お昼までは特に特筆すべきことがない一日だった。

二つ、お昼休みに風香は冴子からグッズに込められた意図を聞き、ひどく動揺した。

三つ、午後以降は上の空で、記憶が怪しい。お守りを鞄に入れたかどうかすら定かではない。

「ここで、細かい条件を足して絞り込みたいんですが……風香さんはテニス部の練習をするとき、学校指定のジャージを着るのではありませんか？」

「……そうだよ？」

「加えて、失くしたお守りが恋愛に関するものであることを私に教えてくださったとき、こう言ってました。縁起でもない話だよ、と。必勝祈願のお守りとかを手にした際には、試合中だけでなく、常に身に着けるのではありませんか？」

「……う、うん、そう、だけど……」

ズバズバと言い当てられ、風香は圧倒されている。見つけるさんはさらに言う。

「記憶とは、とても不確かなものです。置いたはずの場所にモノがない――普段やらないはずのことを何気なくやってしまって、それを忘れることもあります。上の空だったのなら、なおさらです。思い出せなくても不思議ではありません」

見つけるさんは一呼吸置いて、もう一度確認する。

「本当に、部活にお守りを持っていきませんでしたか？　舞浜さんが成就の祈りを込めてくれた恋愛のお守り——肌身離さず持たないと縁起が悪い。そう思って、ジャージのポケットにお守りを入れませんでしたか？　先ほど、グラウンドで生徒さんたちを見たときに確認しましたけど、あのジャージ、ポケットついてますよね？」

風香が黙り込む。数秒経っても動かない。冴子が「風香？」と声を掛けて、やっと口を開く。

「……い、入れた、かも。部活行くとき、遅刻しそうで急いでて、更衣室で着替えて……着替え終わってダッシュしようとしたけど、お守りのこと思い出して、鞄の中から慌てて赤いのだけ出して、入れたかも……っ」

「ジャージのポケットにあるのかしら……探した？」

「見てないっ！　まだ見てないっ！」

「今日、体育も部活もないから持って帰ってるよね。家に戻ったら、もしかして——」

「……ってない」

「うん？」

風香の呟きを、冴子が聞き返す。

「も、持って帰ってない……ぼーっとしてたら忘れちゃってて、ジャージ、テニス部の女子更衣室にある……」

冴子が苦笑する。

「じゃあ、行ってみようか。職員室にクラブハウスの鍵、借りに行こう?」

「う、うん……」

「もう。落ち込まないの」

「だ、だって……なんか私、色々忘れちゃってて、みんなのこと振り回して……」

「そんなこと思っていませんよ。私も、舞浜さんも!」

「そうだよ、風香。行こう?」

こくり、としおらしく頷く風香を連れて、三人は職員室へ急ぐ。


日立門中学校のクラブハウスは、長方形で細長いプレハブ小屋になっている。

女子テニス部の看板が添えられているドアを開き、風香が一番に中へ入った。

中央にベンチがあり、左右の壁際にはロッカーがずらりと並んでいる。自分のロッカーを開いた風香はひったくるような手つきでハンガーを取り出し、ジャージのポケットを確認する。

「風香、どう？」

尋ねられた風香は、肩を落とす。

「……ごめん、ない……」

期待に添えなかった申し訳なさに満ちていた。しかし、見つけるさんはにこりと笑う。

「ありましたよ」

えっ、と風香が声を上げる。

見つけるさんは、部室の奥にあるホワイトボードを指差した。

丸いマグネットに引っ掛けられる形で、何かがぶら下がっている。赤いフェルト生地で作られた猫のお守りだった。ホワイトボードに赤字で『落とし物』と書き添えられていた。

「あったーっ！」

風香が歓声を上げて、お守りを手にする。両手で包み、胸に抱いた。

「よかったね、風香」

「うんっ……うんっ！」

「もう。泣かないの」

「泣いてないし！」

風香は鼻声で強がった。

「みっちゃ――ううん、見つけるさん、ありがとう！」

「ふふ。どういたしまして。みっちゃんでいいんですよ？」

「そっか。……そっか。ありがとう」

微笑む風香に、見つけるさんも子供らしく、にひっと微笑みを返す。、だが、見つけるさんの微笑はすぐに大人びたものに変わった。

「風香さん。上の空だったのは、恋心をどう伝えるべきか、悩んでいたからですか？」

問われた風香の微笑みが消えてしまう。瞬《また》く間《ま》に、不安な表情になってしまった。

「……私、自分勝手だし、おっちょこちょいだし、がさつだし……優勝はしたけど、ダブルスの試合中もわがままだったし……」

「だめですよ、悪い方へ考えちゃ。素直にお伝えしてみるのをおすすめいたします」

「そうだよ風香。だめだったら、慰めてあげるから」

「だ、だめじゃないしっ！　……ないし」

「ふふ。そうそう、その意気その意気」

二人が笑って、ひとりは唇を尖らせる。室内はとても柔らかな空気に満ちていた。

学校を出て商店街に戻ると、空は夕焼けに変わっていた。

冴子と風香は、商店街の本通りをのんびり歩いている。見つけるさんの姿は既にない。途中までは一緒だったが、白杖を携えた老婆とすれ違った際に、「ご、ごめんなさい。また後日に！」と言い残し、「また鈴を落としてますよーっ！」と叫びながら走り去ってしまった。

顔を見合わせて笑い合ったあと、二人は自宅へ向かって歩いている。本通りの途中で風香が脇道へ逸れるまでは一緒だ。

「見つかってよかったね」

「……うん」

風香の表情は優《すぐ》れない。また何かを考え込んでいる様子だった。

何を考え込んでいるのか。それがわかったのは、別れ道に差し掛かり、冴子が「それじゃあ、また明日ね」と言った直後だった。

「あのさ、ちょっと、冴子に訊きたい」

「何？」

「私に何か隠してない？」

　冴子が少し驚く。

「どうしてそう思うの？」

「……だって冴子、何かずっとおかしいもん。いつも通りニコニコしてるように見えるけど……なんかおかしい。うまく言えないけど、何か変」

「………」

「私、本当にあいつに告白っていうか……こ、告白はまだしないけど！　……そういうの、しちゃっていいの？　冴子が変なのってさ、あいつのこと気になってるって相談してからだよ？」

　立て続けに吐き出される言葉に、冴子は何も言わない。それが風香を不安にさせる。

「まさかとは思うけど……冴子もあいつのこと、実は好きだったりするの？」

　瞬間、冴子は失笑した。そのまま、くすくすと笑う。

「わ、笑うことないじゃん！」

「ごめんごめん。……なぁに、ひょっとして、それで昨日一日中、悩んでたの？」

「そ、それだけじゃないけど……だって冴子……本当に何か変で……」

「……もしも私が、彼のことが好きだよって言ったら……どうする？」

「こ、困る。すっごく、困る」

「どうして？」

「だ、だって……冴子は私より綺麗で、可愛くて、仕草も上品だし……勝てっこないもん……」

　言われた冴子は、まんざらでもない様子で髪の毛を片手で弄った。

「ふふふ、そんなふうに私のこと、見てくれてたんだ。……でも、大丈夫。誤解だよ。彼のことはなんとも思ってないから。風香のこと、本当に応援してるよ」

「本当？　ほんとにほんと？」

「ほんとにほんと」

「よ、よかったぁっ……」

「……ただ」

「……ただ？」

「風香に恋人ができちゃったら、寂しくなるかな。今までみたいに構ってくれないでしょう？」

「そ、そんなことない！　女の友情は不滅でしょ！　彼氏とは別腹！」

「ふふ。だといいね」

「からかわないでよー！」

「そうじゃなくて。……彼氏、なってくれたらいいね？」

「うぐ……うぐぅぅ……」

風香は真っ赤になって唸り始める。それを見て、冴子は微笑みを深めた。

「帰るっ！　……また明日！」

逃げるように風香が去っていく。冴子は手を振って見送った。

風香の姿が見えなくなったあと、夕焼け色に染まる商店街のアーケードを、ぼんやりとした目で見上げる。

「……何か変、か」

喜ぶべきなのか、危機感を抱くべきなのか。冴子には、わからなかった。

＊＊＊

学校で探し物をしてから、二日が経過している。

昼食からの帰り道、見つけるさんは、境内へ続く階段をあがりながら空を見つめる。

「今日は曇り空ですねぇ……」

今日のお昼は定番のみさき亭だった。迷った末に杏仁豆腐を選んでいる。

途中、商店街で神藤かなえにばったり会ったりもした。

以前はスーパーをよく利用していたが、最近は商店街に通っているらしい。かなえは同行していたニィさんにも挨拶をした。それから、ニィさんを見ながらそわそわし始めた。見つけるさんが「抱いてみますか？」と声を掛けると、とても喜んでくれた。猫嫌いは落ち着いたのかもしれない。

「商店街でのんびりしている野良猫さんにも、勇気を持って近付いてみてくださいね。無理やり迫らなければきっと、みなさん遊んでくださいます」

かなえは見つけるさんにお礼を言ったあと、買い物に戻っていった。

「だんだん知り合いが増えてきて楽しいです！」

「それはよかった。でも、そういうときほど調子に乗らないこと」

「わかってますってば。……そういえば、風香さんの告白はどうなりましたかね？」

「さてね」

つれないニィさんの態度に、むぅ——と見つけるさんはむくれる。

「あまりひとの事情に立ち入り過ぎないの。神様なんだから」

叱られて、ますますむくれる。

寄り添ってこその神様でしょうに——心中で毒づいていた。

階段をのぼりきって、境内に到着する。今日は土曜日だ。普段なら猫好きの参拝客がカメラを持って立ち寄り、ニィさんが神主に扮《ふん》して対応することもある曜日だ。しかし、今日は天気が悪いせいか、ひとりしか見当たらない。その参拝客に、見つけるさんは見覚えがあった。

境内の野良猫たちに向けて、チッチッチッ、と音を立てているのは——

「舞浜さん！」

大声で呼び掛けると、向こうも気が付いた。見つけるさんが小走りで近付く。

「こんにちは、見つけるさん」

「こんにちは！　今日は早いんですね！」

「はい。土曜日なので。どうしても渡したいものがあって立ち寄りました」

冴子は鞄から熨斗袋《のしぶくろ》を取り出す。

「私と風香の探し物を見つけていただきまして、ありがとうございました。ささやかですが、お納めください」

「こ、これはまた、ご丁寧に……」

両手で差し出されたので、両手で受け取る。つい、熨斗袋を裏返してしまった。

『金壱仟円』の文字が見えて、ほあっ⁉　と変な声が出た。

「ここ、こんなに頂いていいんです⁉」

「もちろんです。洋介から、駄菓子が好きと伺いました。たくさん食べてください」

「はわ、はわあぁぁ……嬉しいです、ありがとうございます！」

芽生えた多幸感を抱き締めるように、熨斗袋を抱き締めた。

微笑みを深める冴子は、さらに言った。

「あと、もうひとつご報告です。風香の恋はうまくいきそうですよ」

「えっ！　告白されたんですか⁉」

「ふふ。したんじゃなくて、されたみたいです。さっき連絡がありました」

「よ……よかったですねぇぇぇ〜」

「はい、よかったです」

冴子は強く微笑む。

……あれ？　と見つけるさんが違和感を覚えた。

「それでは、自宅へ戻りますね。お邪魔してすみませんでした。では――」

「待ってください」

帰ろうとした冴子の服を、見つけるさんは小さな手で捕まえた。

「……どうして、悲しんでるんです？」

冴子は、戸惑いを見せた。

「悲しんでる？　……私が、ですか？」

「そうです。どうしてそんな悲しそうに笑うんです？」

見つけるさんは冴子を見つめる。冴子も見つけるさんを見つめ返してきた。

「何か、心配事でもあるんですか？」

「いえ、そんなことは……」

「じゃあ、お二人の恋を応援できない理由でもあるんですか？」

「いえ、別に、私は……」

冴子が視線を逸らす。

ぶみゃぁああっ、とニィさんが不満を露《あらわ》に鳴いた。気圧《けお》された野良猫たちは慌てて去っていくが、見つけるさんは気付けない。冴子の一挙一動に集中し過ぎて、周りが見えなくなっていることに、見つけるさんは気付けていない。

「私はただ、風香が幸せになればいいと思っています」

見つけるさんは、ますます疑念を深めた。

風香がただ、幸せになればいい。

――では、自分は不幸になってもいいと？

「風香さんが好きな方を、冴子さんも好きだったのですか？」

冴子は苦笑した。「いいえ、違います」――そう言って、首を振った。

「……あ」

まさか――そう思いつつ、両目を見開いた見つけるさんは、ひとつの可能性を口にした。

「あなたは、お友達のことが……風香さんのことが、好きなのですか？」

＊＊＊

湿った風が強く吹いて冴子の髪をさらい、見つけるさんから表情を隠した。

風が収まると、再び見つけるさんは彼女の顔を見ることができた。

無表情だった。微笑みを絶やすことの少ない冴子の顔から、笑みが消えていた。

それは、ほんの一瞬のことだった。

微笑みを崩していた冴子がその後、再び笑ったからだ。

いつもよりも、深い微笑みだった。

びくっ、と見つけるさんが全身を強張らせ、一歩後ずさった。

理由はわからない。だが、受肉している身体の心臓が落ち着きなく鼓動していた。

恐怖に拠《よ》るものだと、傍《そば》で見ていたニィさんだけが気付いていた。

……もしかすると、対峙《たいじ》している冴子にも伝わっていたかもしれない。

「困りましたね」

笑みを深めたまま、まったく困っていない様子で、冴子は他人事のように呟いた。

「バレてしまいました。さすがは、見つけるさんです」

落ち着くことのできない見つけるさんは、何も言えない。何も言えないから、冴子が語り出すのを待つしかなかった。

「小さいころからずっとなんですよ」

好きになるのは女の子。理由はわからないが、常にそうだった。

カッコいい娘、頭が良い娘、元気な娘、優しい娘……でもみんな、実は傷付きやすい娘。

そんな彼女たちをいつしか自然と目で追うようになり、胸を高鳴らせた。

恋だと自覚するのは案外、簡単だった。……受け入れるのは至難の業だった。自分にとっても。おそらくは想《おも》いを打ち明けた場合、相手にとっても。

「ラブレターを書いたことだって何度もあります。渡したことはありませんけど」

彼女たちはみんな、舞浜冴子にとって良い友人だった。

想いを打ち明けて、友人ですらいられなくなるのが怖くて伝えられなかった。

恋をした数だけ、恋を秘めたまま諦めてきた。

「なのに、やっぱり別の娘を好きになっちゃうんですよね。ずっとずっと、ずぅっと……ふふ、嫌になりますよ」

冴子は再び笑った。

……徐々に見つけるさんにもわかってきた。

冴子がいま見せている笑みは、自己嫌悪と絶望に満ちた呪《のろ》いの笑みだ。

この娘は辛くなればなるほど、笑みを深めるときがある。似ているのだ。……この娘は見つけるさんと同じく、無意識のうちに、まったく異なる性質の笑みを浮かべる娘なのだ。

「でも、私は愚《おろ》かだから……傷付くのがわかっているのに、性懲《しょうこ》りもなく、中学生になってからも友達のことを好きになってしまいました」

出会ったのは入学直後だった。

同じクラスの、隣の席の女の子。

とても元気で、活発で、数学が嫌いで、それでも、好きなことには一生懸命な娘。応援したくなる娘。……冴子を親友と呼んで、なんでも相談してくれる娘。別のクラスになった二年生のときも一緒にいてくれて、三年生になって再び同じクラスになったときは抱き合って喜ぶことのできた、唯一無二の親友。

本当に大切な存在だった。彼女の全てを手に入れたい。邪《よこしま》な気持ちが湧くこともあったが、それをすれば全てが壊れる可能性の方が、ずっと高い。

だからいつも通り、友達のままでいるよう努めた。

だが――気になる奴がいるんだよね――そう言われたときは、さすがに動揺した。

「見つけるさん……あなたの目に、私はどう映っているのでしょうか。両親は私に言います。しっかり者の自慢できる娘。聞き分けがよく、わがままを言わない賢い娘。あなたもそう思っているかもしれません……でも、本当は違うんですよ」

好きなひとに彼氏ができますように。

そう願って、お守りに恋愛成就を祈った紙を縫い入れた。

だが、本当は別のことをしたかった。

「本当に入れたかった紙は、別の紙です。……私の恋が成就しますように、って。実際に書いてみたんですよ。でも、入れなかったんです。滑稽《こっけい》でしょう？　みじめで、愚かでしょう？」

冴子は再び笑みを深めた。

見つけるさんは、逆に表情を歪めた。なんと言っていいのかわからず、平静を保つこともできなかった。

「ごめんなさい。こんな話を聞かせて。誰かに知られたのは初めてだから、おかしくなっているみたいです。……気持ち悪いでしょう、私。変ですよね、私」

「そんなことないです！」

見つけるさんは叫んだ。その拍子に、見つけるさんの目端から涙が落ちた。

「変なんかじゃないです！　滑稽なんかでもないです！　気持ち悪いひとでもないです！　そんなこと……絶対にないですっ！」

見つけるさんは、ニィさんの言葉を思い出していた。

この街には絶望している人間がいる。冴子がそうなのだ。この娘は、目の前に世界を滅ぼす爆弾のスイッチがあれば押すだろう——控えめに見積もっても、スイッチを押すかどうかを悩むほどには世界を憎んでいるはずだ。

だから、救わなくてはいけない。

——だって私は、神様なのだから。

答えを、提示しなければいけないッ！

「舞浜さんはとても良いひとです！　しっかり者で、礼儀正しくて、感謝を忘れない高潔な方で、お友達思いで……」

「友達思い？　……告白が失敗すれば私に振り向いてくれるかもしれない、と思うような私がですか？」

「本当はそんなこと願っていないでしょう!?」

「どうしてそんなことがわかるんです？」

「わかります！　お守りを見つけてくださいって私を頼ってくださいました！　探している間も風香さんのために一生懸命でした！」

「………」

「お守りの紙だってそうです！　……入れたのでしょう？　悩んだのかもしれません。最後の最後まで心が揺れたかもしれません、でも！　風香さんの恋がうまくいくことを願って、最後は『正しいと思う紙の方』を入れたのでしょう!?」

冴子から再び笑みが消えた。無表情で、見つけるさんを見つめている。

涙を流さない彼女の代わりに、見つけるさんは泣いていた。冴子が泣きながら——あるいは微笑みながら——どちらにせよ、心で涙を流しながら、想い人の幸せを願って紙を縫い入れたに違いない場面を思うと、涙が溢れて止まらなかった。

「あなたの願いは全て叶《かな》わないのかもしれません……でも、だからって自分のことまで嫌いにならないでください……それはとても悲しいことです……周りのことを思い遣り過ぎる性格のせいで、ご自分が辛いのもよくわかります……でも、どうか、そんなに悪ぶらないで……」

冴子は見つけるさんの両肩を掴《つか》んだ。その細い肩に指が食い込むほどに。

「……どうして、そんなことを言うんです」

背が低い見つけるさんに向かって身体を傾けているせいで、再び表情が見えない。

……風が吹いた。前髪が揺れた一瞬だけ、見つけるさんは彼女の顔を見ることができた。

「……我慢、してるのに」

片目から落ちる、一筋の涙。一度だけ、水滴が見つけるさんの頬に落ちてきた。

「私は、自分がおかしいんだ、悪いんだ、って思うことで納得しようとしているのに……どうして、そんなことを言うんですか……」

……雨が降ってきた。にわか雨だ。

「見つけるさん……あなたは私が今まで好きになったどの女の子よりも無垢《むく》で、純粋で、一生懸命です。でも、そのせいで誰よりも残酷に真実を暴いてしまう……なのに……あなたは私が出会ったどんな存在よりも優しい……」

一度言葉を切った冴子は、力なく笑った。

「ずるいですよ。私もあなたみたいに優しく、綺麗に、純粋でありたかった……」

境内に雨音が響く中、いつしか冴子の指から力が抜け、見つけるさんは解放されていた。

「……今日は、帰ります。さようなら」

舞浜冴子は傘も差さずに、見つけるさんを残して境内から立ち去った。

雨が降る中、見つけるさんはぺたんと境内に座り込む。しばらくの間、動くことができなかった。みさき亭の店主から敵意を向けられたときよりも何倍も、比べ物にならないほど、疲れ切っていた。

翌日。お昼時だというのに、見つけるさんは食事に出掛けることもなく、賽銭箱の前の石段に腰を下ろし、物思いに耽《ふけ》っていた。

雨は昨日のうちに上がっている。

空も晴れ模様に戻っていたが、心は曇ったままだった。

膝を抱えて、ぼんやりと空を見続けている。

「いつまでそうしているつもりだい」

隣にやってきたニィさんが声を掛けて、ようやく身じろぎした。

しかし、見つけるさんは顔を下向けて、元気がないままだ。

「何を考えてるの」

「……私は、余計なことをしたのでしょうか？」

ニィさんは次の言葉を待った。

「……三人の間に、二つの恋。三人ともが幸せになれる方法は、答えはなかったのでしょうか？」

「それを考え続けたのが、あの娘でしょ。考えて考えて考えて……考え続けて至った答えが、あのお守りをプレゼントすることだったんじゃない？」

「……でも、舞浜さんは悲しんでました。自分を不幸にしたせいで」

「だけど、それ以上に受け入れようとしていた。二人の幸せのために。違うかい？」

「…………」

「余計なことをしたのでしょうか、という自問はね、少なからず余計なことをした、とわかっているときにしか出てこないんだよ」

見つけるさんは、悔しそうに唇を引き結ぶ。

「あの娘はキミの何倍も考えて答えを出した。その結果、幸せになれないこともある。人生にはそういうこともあるんだ。それを捻《ね》じ曲《ま》げることは、神様にだってできないんだよ。ボクらは万能じゃないからね。寄り添ってあげるのが大事なんじゃないかな」

「私は、寄り添えていなかったですか？」

「寄り添おうとはしたね。だけど、その前がよくない」

ニィさんは淡々と告げる。

「あの娘にとって不都合な事実を暴いた。しかも、それを不用意に口走った。……わかるね？」

見つけるさんは、落ち込んだ表情で静かに頷いた。

「彼女はキミを憎んでいるかもしれない。二度と会いに来ないかもしれない。会っても、二度と目を合わせてくれないかもしれない」

見つけるさんの両目に涙が膨らみ、唇が尖っていく。

「だけど、受け入れるしかないね。……ひとも神様も、そうやって嫌なことを糧《かて》にしながら生きていくんだから」

「……はい」

「で、お昼ご飯はどうするの。明日もまた来ます、ってみさき亭で約束したんじゃないの？」

「……はい。行きましょう。……無理してでも、食べないといけません」

二人は立ち上がり、本殿に背を向けて歩いていく。

だが、鳥居をくぐってきた人物を見て、再び立ち止まった。向こうもそれに気付いたらしく、一礼してから駆け寄ってきた。

「こんにちは、見つけるさん、猫神様」

舞浜冴子だった。

「……こんにちは」

見つけるさんは丁寧にお辞儀をした。申し訳ない気持ちでいっぱいだった。

「……見つけるさん、顔を上げてください」

言う通りにすると、冴子は微笑みで迎えてくれた。柔らかな笑みだった。

「昨日はすみませんでした。……困らせてしまって、申し訳ございませんでした」

「そんな……悪いのは私です、舞浜さんは何も……」

「ううん、悪くなんかないですよ。昨日は心を乱してしまいましたけど、誰かに秘密を話せてすっきりしました。一晩泣いて落ち込みましたけど、今は穏やかです。ある程度、割り切ることができたんです。……見つけるさんが優しく、寄り添ってくれたからです。だから、お礼を言いに来ました。ありがとうございました」

見つけるさんは、呼吸を止めて身震いした。

昨日とは真逆の感情が、視界を滲《にじ》ませてくる。

「たまに愚痴をこぼしに来ていいですか？　風香ったら、すっごい幸せそうでちょっと悔しいんです。惚気話《のろけばなし》でスマホが鳴りっぱなしなんですよ？　ひとの気持ちも知らないで……困った娘です、ほんと。私はまだ、ちょっと傷心気味なのに」

冴子は唇を尖らせたあと、再び見つけるさんに微笑みかけた。

「だから……愚痴を言いに来てもいいですか？　あなたにしか言えないんです」

「……はい。はいっ。もちろんです！　私でよければ、いつでもお話を聞きます。いくらでも……それで舞浜さんから悲しい気持ちを取り除けるなら、いつだって……」

「ふふ、ありがとうございます。見つけるさんは優しいですね」

冴子は、しみじみとした口調で感想をこぼす。

その後、膝を折って、突然見つけるさんを抱き締めてきた。

「え、あの、あのっ？」

「……すみません、少し、このままで」

冴子は見つけるさんを抱き締めたまま、腰や背中、首回りに指を這わせる。

「……うん、だいたい、わかりました」

そう言って、今度はぎゅっと両腕の力を強めてきた。

密着したまま、耳元で囁かれる。

「これからもよろしくお願いしますね？」

冴子の真意が読めず、見つけるさんは赤い顔で困惑していた。

しかし、密着している冴子が震えていることに気付き、あ……と、理解した。……

そう簡単に、割り切れるはずがない。

「よく、がんばりました。……本当に」

二人で、抱き合ったまま、少しの間だけ、泣いた。


冴子が去ったあと、ニィさんは見つけるさんのスタンプ帳に判を押そうとした。

……しかし、見つけるさんは断った。

「今回は、冴子さんの聡明《そうめい》さと気遣いに救われただけです。……だから、いいんです」

殊勝な態度を取った後輩の背中を、ニィさんは尻尾で優しく撫でさすった。

＊＊＊

舞浜冴子は境内で見つけるさんと別れたあと、自宅に戻っていた。今日は店の手伝いも休んでいいと言われている。しかし、冴子は部屋に仕事用のファイルを持ち込んでいた。

ファイルには、顧客情報を記録しておく書類が綴《と》じられている。

名前の欄に『見つけるさん』と書き込み、先ほど手で確かめたサイズをさらさらと書き込んでいく。おおよそのサイズだが、大外れはないはず。そんな自負があった。

書類を書き終えたあと、冴子はスケッチブックを開く。過去にデザインしてきた服を見ながら、構想を膨らませていく。……どの服が似合うだろうか。

「あ、これなんかいいかも……」

私立小学校の受験面接用に、と注文された服が目に留まった。

普段は笑顔で活発なイメージのある見つけるさんだが、礼装をすれば、あの優しい微笑みはきっと威力を増す――楽しみでならなかった。さっそく細かな部分を練り直そう。

そこで、机の上に置いてあったスマホが着信を告げてきた。電話の着信だ。また風香だろうか。画面を見ると、『お母さん』の文字が出ていた。

『ごめん冴子、ちょっとお店に降りてこられる？　タウン情報誌の記者さんが来ていて、冴子の話が聞きたいって』

突然の連絡に少々驚きつつ、冴子は店舗になっている一階へ向かう。

店内に入ると、レジで店番をしていた母親の前に、記者と思しき壮齢の男性がいた。カメラを首から下げている。

「すみません、突然お伺いして」

記者は名刺を渡してきた。灘総悟、と書いて『なだ　そうご』と読むらしい。

彼は、商店街で冴子がデザインした服が評判になっている、と話してきた。タウン情報誌には商店街の記事を載せており、今号で冴子のことを書きたいとのことだった。

母親は何も言わないが、ここへ呼んだということは「店の宣伝になるし、ぜひ」という魂胆《こんたん》だろう。しっかり者の長女として、冴子はこの申し出を受けることにした。

その後、灘からいくつか質問がされた。

――服をデザインすることになったきっかけは？

――デザインをするときは、どんなことを考える？

――服飾以外に趣味は？

これらの質問に笑顔で答えていったが、

――特に、同世代の女の子から絶大とも言える支持を受けているが、その秘訣《ひけつ》は？

この質問に対しては、苦笑が先立った。

……この服を着る女の子に対して、
　自分が恋をできるように想像しながら作ることです。

真実は当然言えないので、適当にもっともらしいことを言って誤魔化した。

取材の最後に、いま商店街で一番気になっていることを問われる。

なんでもいい、と言われたので、真っ先に答えた。

「やはり、見つけるさんですね」

「見つけるさん？」

「ご存知ありませんか？　失くし物を見つけてくれる、小さな神様……優しくて、素敵で、愛《いと》おしい……そんな御方です」

灘は反応に困っていたが、冴子は笑みを崩さなかった。

「商店街をよく歩いていらっしゃいます。見かけたら、ぜひ声を掛けてみてください」

「……わかりました。本日はありがとうございました。記事が書き上がったら、掲載してもよろしいか、ご確認に伺います」

冴子は母親と共に、「ご丁寧にありがとうございます」と丁重にお礼をする。

見送ったあと、母親は「そういえば」と声を掛けてきた。

「洋介も最近、見つけるさんと遊んでるとか言ってたわねぇ……あだ名なの？」

「まぁね」

冴子は思う。

自分の絶望を感じ取り、寄り添い、共に涙してくれた小さな神様、見つけるさん。

いつかきっと、この商店街の全てのひとが、彼女を知る日が来るはずだ——。

四件目　カメラの持ち主

見つけるさんは、見た目は小さな子供でしかない。しかし、神様には違いない。まだ生まれてから日は浅いが、たまにとても大人びた顔を見せる。調子に乗りやすく、ニィさんに対しては怒りっぽい側面もあるが、心の底から慌てたことは、今のところめったにない。

そのめったにないことが今、商店街で起こっていた。


時刻は正午を大きく過ぎて、十四時を回ろうとしている。

商店街を汗だくになって走る見つけるさんは、ひどく険しい顔をしていた。震える足を必死に動かし、激しく吐息しながらどうにか全速力を維持している。数歩あとを、ニィさんが涼しい顔で追走していた。

「すみません、ごめんなさいっ、ごめんなさい！」

そんな声を出しながら、買い物客や通行人をうまくすり抜けて走っていく。

向かっていたのは、すっかり常連客となったラーメン屋・みさき亭だった。

店が見えた瞬間、見つけるさんは通りの小さな時計塔へ目を走らせる。十四時はまだ過ぎていない。

間に合った！　と心中でガッツポーズをしたのも束の間《つかのま》、からりと引き戸が開き、中から看板娘の陽子が出てきてしまった。

げっ、と悪い想像が頭を過ぎる。その想像通り、陽子はのれんを下げて、営業中の札を準備中にひっくり返してしまった。

「あっ、みっちゃん！」

「ら、ランチ……終わっちゃいました？」

「うん……ごめんなさい。まだ時間前なんだけど、お昼の仕込み分がもう……」

うああ、と見つけるさんが頭を抱える。

「ごめんね……」

「い、いえっ……私が来るのが遅かったので……ううっ、でも残念です……」

「最近、ちょくちょくそういうことがあるよね。一昨日もだったよね？」

「はい……一昨日は鍵を失くされた方がいて……今日は財布を失くされた方が……」

「あら、忙しいんだ」

「で、でも明日は来ます！　絶対来ます！」

「ふふ、ありがと。あ、ちょっと待っててね」

陽子は一度、店へ戻る。引き戸が開いたままなので、つい目で追ってしまう。

冷蔵庫から何かを取り出して、見つけるさんのところへ戻ってきた。

「じゃーんっ、秘密兵器！　杏仁豆腐、テイクアウトバージョン！」

「おおおぉぉおっ！」

見つけるさんが目を輝かせる。杏仁豆腐はいつものお皿ではなく、プリンに使われるようなプラスチック製の容器に入っていた。

「一昨日、食べられなくて残念がってたでしょう？　そこで、持ち帰れるようにしてみたんだ。使い捨てのスプーンも入ってるから、どこかで食べてね」

「ありがとうございます～っ！」

「うまくできてたら教えてね。売れそうだったら、何食かお土産《みやげ》用に作ってみようかってお父さんと話してるんだ」

「わかりました！　ご丁寧にありがとうございます！」

陽子と別れた後、見つけるさんは鼻歌まじりに商店街を散歩する。

「ラーメンは食べ損ねましたけど、デザート確定はおいしいですねぇ……ふふふ」

喜び、微笑んでいたが、その微笑みは腹の虫にかき消された。うぅ、と呻き声が漏れる。空腹のせいで胃がキリキリしていた。

「……杏仁豆腐もいいけどさ、とりあえずご飯を食べようよ。ボクもお腹空いた」

十四時を回ると、さすがのニィさんも我慢の限界らしい。見つけるさんを監督していたせいで、ニィさんも昼食を食べていない。

「うーん……じゃあ、お総菜屋さんに行きましょうか」

ここからだとすぐ近い、という理由で足を運ぶ。

お昼の売れ残りがちょうど割引かれていたので、普段と同じ予算でみさき亭と同程度の量を確保することができた。

なお、ニィさんは店に入る前に、猫の姿ではなく、神主の姿に受肉し直していた。

「おや、神主さん。どうもどうも、お世話になっております」

「いえいえこちらこそ。ミツ子がいつもお世話になっております」

たまに、こうして見つけるさんが人間であることを方々に印象付けているのだ。幸いなことに、商店街の人々は神主の親戚でワケありの少女・自称神様見つけるさんのことを深く追求してこない。両親に死なれ、親族にたらい回しにされて神主が面倒を見るようになった……といった状況も想像できるような設定だったが、『可哀想な子』と扱うこともしてこない。そのあたりの対応は、どの店の人間も心得ている。だが、念には念を――というのがニィさんの考えだ。

ニィさんは見つけるさんのお弁当だけを購入したが、「境内の猫たちにどうぞ」と、メザシとカツオのたたきの切れ端を貰うことができて満足げだった。猫にもとことん、優しい街だ。

「たまには公園で食べてみましょうか」

見つけるさんが言う公園とは、商店街の本通りからひとつ道を外れた場所にある「日立門商店街・緑の広場公園」のことである。

草木がふんだんに植えられ、中央には噴水とベンチが設置してある憩《いこ》いの広場だ。ここにも猫たちが多く集まっている。猫たちの自然な姿を撮りたいと考えるカメラマンたちにとって、日立門神社の境内と並ぶ絶好の撮影スポットになっていた。

そちらへ向かう途中、肉屋の店主が神主姿のニィさんを呼び止めた。総菜屋の袋を持っていることに気が付き、彼は駆け寄ってきてくれた。

「今日は二人とも弁当かい！　だったら、うちのコロッケも二つ持っていきな！」

「いいんですかっ？」

「いいってことよ。この前、助けてもらったしな」

数日前、この肉屋の店主は「ここに置いたはずの大事な伝票が見つからない」と困り果てていた。通り掛かった見つけるさんが無事に見つけて以降、この店主も見つけるさんに良くしてくれるようになった。

さらに道を歩いていると、魚屋の店主が魚肉ソーセージを手渡してくれた。

小学校から帰ってきた子供たちも数人、見つけるさんに声を掛けてくれる。何も貰えなくても、声を掛けてもらえるだけで見つけるさんは嬉しかった。

五月が終わり、もう六月に入っている。見つけるさんが商店街に来てから、一ヶ月が経とうとしていた。失くし物をした人々が頼ってくることも、着実に増えてきている。忙しくてお昼を食べ損ねることも、増えてきている。

「ふぅ……ようやく人心地つきました」

食事前よりも膨らんだお腹をさすりさすり。見つけるさんは満足そうに、ごちそうさまでした、と商店街へ向けて一礼した。猫に戻ったニィさんもこっそり、同じような動作をしている。

時刻は十五時前。

「今日はどうするの？」

「そうですね……質屋さんへ遊びに行きますか！」

公園のゴミ箱に、きちんと分別をしてゴミを捨ててから別の場所へ向かう。

鼻歌まじりにスキップしている姿は、どこから見てもただの子供にしか見えない。

「……あれ？」

公園から商店街の本通りへ移動した見つけるさんが、何かに目を留める。

「あの方、道行くひとに何かインタビューしてますよ」

壮齢の男性が、メモを取りながら買い物客に話を聞いていた。

「何かの取材じゃないかな」

「取材！　新聞記者さんとかですかね。私のとこにも取材が来たりしますかねぇっ！」

「まだまだじゃないの。最近頼まれ事が増えたからって、調子に乗らないの」

「ぶぅ……」

頬を膨らませた見つけるさんがぷりぷりしながら再び移動する。

表情や機嫌がころころとよく変わるのも、子供らしかった。

見つけるさんは、十五時ぴったりに商店街の本通りにある質屋・高覧堂《こうらんどう》に足を運んだ。看板は古ぼけているが、ここの店主は若い。確かまだ、三十代になったばかりのはずだとニィさんが以前に説明してくれた。

みさき亭よりも立て付けの悪い引き戸を、目いっぱいの力で開く。

店内には図書館のように棚が並列していて、様々な商品が雑多に陳列されている。壁際も棚で、そちらの方にはブランド物のバッグや財布が値札と共に並べられていた。

店内には、誰もいない。

「ごめんくださーい」

店の奥へ声を掛けると、黒縁の眼鏡を掛けた短髪の男性が出てきた。

「おう、みっちゃん！　こんちは！」

Tシャツにジーパンというラフな格好だったが、彼が質屋の店主だ。見つけるさんはそのまま、「質屋さん」と呼んでいる。背はあまり高くないが、シャツの袖《そで》から伸びている腕にはしっかり筋肉がついている。

「また遊びに来たのかい」

「はいっ！　こちらには色々と珍しいものや、ひとの手を渡り歩いた味のあるものが置いてありますからねぇ」

高覧堂は古くから店を構える質屋だ。預かったものを担保に金を貸すのが本業だが、最近はそちらよりもリサイクルショップの方が主流になっている。そのこともあって、商品の入れ替わりは頻繁に発生していた。その変化を見るのが、見つけるさんの密《ひそ》かな楽しみだった。

「おせんべいあるけど、食べるかい？」

「うわぁ、嬉しいですねぇっ！」

「熱いお茶を淹れてくるから、少し待っててな」

高覧堂の店主も見つけるさんに優しい。車の鍵を見つけてからずっとこの調子だ。神様だという言葉は信じていないようだが、キレ者の少女と認めてくれている。

「はぁっ、最高です……」

ばりぼりとせんべいを頬張りながら、見つけるさんが至福の顔を見せる。渋目の緑茶が、またよく合っていた。ニィさんは、足元で猫用のカリカリを噛み砕いている。

「あ、そうだ。みっちゃんに良いもの見せてやろう」

店主はそう言い残して立ち上がり、店の奥からダンボールを持って再び現れた。かなり大きめのダンボールだが、収まり切らないほどのモノが山になって積み上がっている。

「どうしたんです、これ。商品ですよね？」

一番上に積んである古い家電製品を見て、見つけるさんは商品だと判断した。

「いや、これさ、倉庫の中にあった不良品なんだよ。この前、死んだ親父から店を引き継いでちょうど一年になるって話しただろ」

見つけるさんは思い出す。この店主は、最近まで日立門とは別の場所に住んでいた。体育大学で勉強する傍ら、スポーツジムでインストラクターのアルバイトをして、卒業後はそのままジムに就職した。……しかし、父親の死をきっかけに街へ戻ってきたのだ。筋肉質なのは、その名残だ。

「一周忌で店を休んだ日に、ようやく倉庫の中を整理したんだ。親父が倒れたときはバタバタしてたからね。ずっと気になってたけど、これでようやく倉庫もすっきりってわけさ」

「……お疲れ様でした」

父親を亡くして、まだ一年。話を聞く側としては、神妙になる話題だった。

「はは、ありがと。そんなに湿っぽくなんないでよ。ほんと、優しいよな」

「神様ですから」

「あはは、そうだったそうだった。……で、話を戻すけどさ、このダンボールに入ってるのは全部売れなくて捨てるもんだから、欲しいものがあれば持って行っちゃって」

「いいんですか？」

「もちろん。俺にとってはガラクタだけど、みっちゃんは古いモノが好きって言ってたし、ちょっとした宝探し気分も味わえそうだろ？」

「はいっ！　では、失礼して……」

見つけるさんはさっそく、ダンボールの中に手を伸ばす。

「こっちの方でひっくり返しちゃっていいよ」

店主の言葉に甘えて、レジカウンターの裏側の床に中身を全てぶちまけた。

一昔前に流行したラジカセ、ボタンの文字が掠《かす》れてしまった多機能型リモコンに、かなり古い型の携帯電話――店主がガラクタと言うだけあって、確かに使い道がなさそうなものばかりだった。ほこりを被《かぶ》り、傷や劣化もあちこちに見られる。

しかし、それらを見つめる見つけるさんの顔は、きらきらと輝いていた。ひとつひとつを手に取り、ひっくり返し、モノの声を聞くように耳を寄せている。

「そんなに楽しいかい？」

「はいっ！　どれもこれも、味のあるモノばかりでいいですねぇ……」

自身に監督をつけるような、古い神々による古いしきたりは好まないが、物品に関してはレトロ趣味だった。まさに夢心地――

「……？」

その様子ががらりと変わったのは、とある箱を手にしたときだ。真っ白な箱を見つけるさんは怪訝そうに見つめる。

「これは……」

ぼそりと呟き、ニィさんをチラ見する。ニィさんも、じっと箱を見つめていた。

中を開けてみる。入っていたのはカメラだった。古ぼけたカメラだが、ついているベルトは立派なものだった。いわゆる一眼レフと呼ばれるもので、レンズも立派だ。金属製のボディの質感も手に吸い付くようで、実にしっくりくる。何度もひっくり返し、角度を変えて観察もしてみるが、どこにも壊れている部分は見当たらない。

「あ、そのカメラ、やっぱり気になる？」

「えぇ……他のものとは違って、明らかに高そうなものですけど……」

「うん。クラシックカメラってヤツだよ。っつっても、俺もカメラにはあんまり詳しくないんだけどさ」

見つけるさんは再び、カメラが入っていた箱の中に目を移す。底の方にこのカメラで撮ったと思しき写真が入っている。商店街の建物を写した写真のようだ。どことなく柔らかい印象を受ける、優しい色合いの写真だった。

「……これきっと、このカメラで撮ったお写真ですよね。私も写真やカメラには詳しくありませんが、こんな素敵な写真を撮れるなんて……これは、相当な価値があるものなのでは？」

「そうなんだよ。俺もそう思ったんだけどなー……」

「何か、だめなんです？」

「うん。商品になるかもしれないと思って、このカメラで写真を撮ろうとしてみたんだよ。でも、ピンボケがひどくてさ……カメラ好きの友達にも触らせてみたんだけど、たぶん壊れてるって言われたよ」

「……そう……なんですか……」

　残念がる店主の話を聞いたあとも、見つけるさんはカメラをじっと見つめていた。角度を変えないまま、レンズに映った自分の姿をじっと見つめ返す。

「気になるならそれ、持って行っていいよ」

「……本当にいいんですか？」

「いいっていいって」

「……では、お言葉に甘えさせていただきます。箱も一緒によろしいですか？」

「もちろん」

カメラを貰った見つけるさんは、何度もお礼を言って店を後にした。

高覧堂を出たあと、見つけるさんは商店街の本通りに設置してあるレストスペースに足を運んだ。

スペースの近くには飲食店が多く並んでいる。お好み焼きやたこ焼きなど、食べ歩きが可能な料理を扱う店が多く並ぶ場所だ。屋台店通りとも言われている。土日になると、この場所で食事をする買い物客がたくさん集まる。今日は平日なので、見つけるさんは難なく座ることができた。

テーブルの上には例の箱が置いてある。カメラは見つけるさんの手の中にある。見つけるさんは数分間、カメラに意識を集中させていた。ニィさんも無言で見守っている。

「……ねぇ、ニィさん。私、今は色んな力が制限されているせいか、微《かす》かに感じる程度ですけど……このカメラ、神通力が宿っていますよね？」

問われたニィさんは、ひげを軽く揺らす。

「うん。付喪神《つくもがみ》になるには到底及ばないけど、確かに宿ってるね」

「となれば、大切にされたモノのはずですよね」

付喪神は人々が長い間、大切に使い続けた物に神通力が宿ることで生まれる神様だ。

通常は、数十年という長い時間を掛けて生まれる。

「付喪神に昇華できずとも、長年、持ち主から愛着を持って使われていたはずです。……何故、そんなものが質屋さんの倉庫に手放されていたのでしょう？」

「壊れたからじゃないの？」

「でも、壊れている様子はありませんよ。さっき、シャッター押したら音もしました」

「……どうしても気になるわけ？」

「ええ、気になります。普段はモノを探している方のために働く私ですが……今は、このカメラのために人探しをしたい気分です。私も似たような存在ですし」

「だからって、持ち主を探すつもり？　無茶だよ。どこにいるかわからないんだよ？」

「手掛かりならありますよ。……見ていてください」

見つけるさんはカメラの裏蓋《うらぶた》を開く。中に入っていたフィルムを取り出して、にこりと笑う。

「私が一枚撮る前から使いかけでした。もしかしたら、持ち主や、持ち主に近しい方が写っているかもしれません。それに、箱に入っていた写真は商店街の写真でした。きっと、この地に所縁や愛着がある方ですよ。じゃないと、こんな素敵な写真は撮れないはずです。これは有力な検索条件ですよ。……そう思いません？」

「そういうものなのかねぇ……ま、探してみてもいいか。失くし物で困っているひともいないし」

「えぇ。ちょっと謎《なぞ》を追ってみましょう。まずは、このフィルムを現像してみます」

見つけるさんは椅子からぴょんと飛び降り、写真屋へ向かう。

表情は明るい。宝探しに挑む子供のように、わくわくしている。


見つけるさんが訪ねた写真屋では、二十代と思しき若い女性が店番をしていた。

「いらっしゃい……」

眠気が勝っているのか、子供と思って油断しているのか、カウンターの奥から欠伸まじりの気だるげな挨拶が飛んでくる。

「あの、ちょっとお尋ねしたいんですけど……」

「なぁに？」

相変わらずぼんやりとした目つきだったが、見つけるさんが例のカメラを差し出すと、その表情は一変した。

「え、ちょっと何、どうしたのそれ？」

「とある方から、もう使わないからと譲ってもらったんです」

「へぇっ！　高そうなクラシックカメラなのに……少し貸してもらってもいい？」

「あ、はい。どうぞ」

許可が出ると、女性はカウンターの奥から俊敏《しゅんびん》な動きで出てきた。

中腰になってカメラを受け取ると、ますます目が輝いた。

「質感もいいし、すごい……バイトして一年近くだけど、こんな素敵なの初めてかも」

女性はカメラを持ち上げ、ファインダーを覗き込む。

「ん、あれ……？」

カメラを忙《せわ》しなく操作するが、どうも釈然としないらしい。色々とやってみたものの、最後には「うーん……」と唸り、カメラを見つけるさんに返した。

「ありがとう。ごめんね、黙って色々触っちゃって」

「いえ。……このカメラって、やっぱり壊れてしまっているんです？」

「ううん、そんなことないと思うよ。でもその子、相当なじゃじゃ馬」

カメラを人間扱いする辺り、この女性も写真を愛するひとりなのだろう。

「ところであなた、今日学校は？」

見つけるさんは、自分が神主の親戚の子だと自己紹介した。失くし物で困っているひと以外に向けた説明だったが、女性は「あれ？」と聞き返してきた。

「ってことは、あなたが見つけるさん？」

「私のこと、ご存知でしたか！」

「うん。噂をちょくちょく聞いてるよー。神主さんが連れてきた小さな女の子は自分を神様だと名乗っている。失くし物を見つけるのが大得意なキレ者少女！　って」

その後、話は再びカメラに戻る。女性は興味深そうに聞き入っていた。

「ふぅん……質屋にあったんだ……持ち主も壊れちゃったと思ったのかなぁ」

「でも、箱の中には、素敵な写真があるんです。壊れたと考えるのは変かと……」

「あ、そうか。その写真も見せてもらえる？」

写真を見せると、女性は先ほどと打って変わって、神妙な顔つきになった。

「……すごい。この写真を撮ったひと、とても上手よ」

「私も同じことを思いました。写真の良し悪《あ》しについて専門知識はないんですけど、この写真はとっても好きです！」

「そうだよね～。……でも、ずいぶん昔に撮った写真っぽいな……あっ、いけない。写真を現像したいんだよね。フィルム貰える？」

「はい。お願いします」

「クッキーあるけど、現像が終わるまで食べながら待ってる？」

「いただきますっ！」

見つけるさんは店内の椅子に座り、足をぶらぶらさせながらお菓子を食べ始める。

「平日はお客さんも来ないしさ、暇だったから助かるわー」

「アルバイトさんなんですよね？」

「そそ。大学に通いながら、たまに店番。現像とカメラの相談受けて小遣い稼ぎ。いつか私も、お金溜めてクラシックカメラ買うんだー」

やはり、写真が趣味のようだ。

「そういえば、質屋さんもこのカメラをクラシックカメラだと呼んでいましたけど、具体的にはどういうものがクラシックカメラと呼ばれるんでしょう……？」

見つけるさんの問いに、女性は快く答えてくれた。

「単純に言えば旧式のカメラのことなんだけど……今の主流はデジカメ……デジタルカメラよね。そっちの説明を先にした方がわかりやすいかな。

デジタルカメラの利点って、自動で顔にピントを合わせてくれたり、色合いを整えてくれたりするところにあるのね。工場で同じ品質の部品を大量生産して、同じカメラを作る。誰が撮っても高いクオリティの写真を撮れるようにね。ざっくりとした説明だし、異論を唱えるひとはいると思うけど、それがデジカメの利点なの。

それの逆が、クラシックカメラ……旧式のカメラね。デジカメはプラスチック製が多いけど、クラシックカメラは金属製で、ピント合わせとかの操作も全部手動。部品もひとつひとつ、昔の職人が手作りしてた。手作りだから、それぞれのカメラに個性があるの。デジカメみたいに撮影した写真の質が保証されない代わりに、そのカメラ自体をよく知って使いこなせるようになれば、とても味のある写真に仕上がるわけ。箱に入っていた写真を見たとき、私が『上手』って評価したのは、そういうことなの。この写真を撮ったひとは、このじゃじゃ馬なカメラのことをとてもよくわかってあげられてる……深い付き合いのはずよ」

「なるほど……」

見つけるさんは、カメラをそっと指で撫でる。

「持ち主さんは、このカメラをとても愛してくださったんですね」

──神通力が宿るほどに。魂《たましい》と命の欠片が宿るほどに。

「いったい、どんな思いで手放したのでしょう……」

「気になるのはそこだよね。ネガに手掛かりが残っているといいんだけど……」

持ち主への興味がますます深まる中、二人は写真が出来上がるのを待つ。

写真が出来上がると、アルバイトの女性はさっそく全て手渡してくれた。

「ごめん、先に見ちゃった。残念だけど、持ち主らしいひとは写ってないかな……」

彼女の言う通り、写真は全て、商店街の建物だけを写した風景写真だった。昼間の写真が多い。箱の中に添えられていたモノと同じで、新しい手掛かりはなさそうだ。

「あ、これ……みさき亭の近くの時計塔ですよね。古くからあるんですねぇ～」

「ちょくちょく見覚えのある景色が写ってるよね。日立門神社の境内もあったよ」

言われて、見つけるさんはすぐに境内の写真を探した。今とあまり変わりがないようで、野良猫たちが寝そべっている。ニィさんがいないか探してみたが、それらしい猫はいない。

「けっこう特徴のあるカメラだし、ウチのおじいちゃん店長なら何かわかるかもしれないんだけど、今日は用事で出掛けちゃってるんだよね」

「そうでしたか……」

「明日にはいると思うから、よかったらまた立ち寄ってみて。その前に、近くで持ち主さんが見つかるかもしれないけどね。今もこの近所に住んでる可能性高いと思うし」

「……？　どうしてそう思われるんです？」

「このカメラの持ち主さん、商店街が大好きなはずなのよ。ウチの店長も言ってたんだけどさ、カメラマン自身が本当に好きなもの……本当に素敵だなって思う場面を撮らないと、良い写真には仕上がらないんだって。たとえば、赤ちゃんの写真を撮るとき、カメラマンが子供好きじゃないとやっぱりいい絵は撮れない、みたいな」

「なるほどなるほど。そうなると、やっぱり私の考えは正しかったですねぇ」

ほれ見たことか、と見つけるさんはニィさんを見やる。ニィさんはそっぽを向いて無視していた。

「落ち込むことなく、根気よく探してみてほしいな、っていうのが私の願い」

「はい！　とてもわかりやすいお話でした。色々とありがとうございます」

「どういたしまして。もしも持ち主がわかったら教えてね。私も結果、気になるから」

「はい！　がんばって探してみます！」

見つけるさんはお土産にクッキーを貰って、店を出る。

「……で、手掛かりは消えちゃったけど、まだ続けるの？」

商店街の本通りに戻ったあと、ニィさんが声を掛けてきた。

「明日、再びこのお店を訪ねて老店主さんにお話を聞くのが近道ですが……せっかくなので、商店街を歩いてみようかなと」

「あてもなく？」

「いいえ。この写真に写っている場所を探してみようと思うんです。この写真を撮った方が見た光景と同じものを見れば、何か絞り込むための検索条件が見つかるかもしれません」

「そういうのはキミ、得意分野だもんね」

「ニィさんもさっきの写真、全て見ていましたよね。どれくらい前に撮られた風景なのか、わかったりします？」

「んー……だいたい、四十年ほど前……かなぁ……？」

「うわ、けっこう前ですね。それでも、今と変わらない場所もあるわけですか……」

「古い商店街だから移り変わりはあるけど、しぶとく変わらないところもあるね」

「ニィさんって、四十年も前からここで神様やっていたんですね」

「ん。まぁ、うん」

少し引っ掛かるような同意だった。照れているのかもしれない。

「ニィさんは意外と照れ屋さんですしね……」

「急に失礼なことを言うね」

「あら、聞こえてました？」

「聞こえるように言ったくせに」

軽口を言い合いながら、ひとりと一匹が歩き出す。当人たちは認めたがらないが、出会いから一ヶ月だ。息も合ってきている。


写真に写っていた場所は、ほとんどが商店街の本通りの光景だった。

時計塔や休憩所、屋台店通りなど、今日、見つけるさんが立ち寄った場所も多く被写体になっている。

「お店の写真が一番多いですね。……あ、見てくださいよニィさん。時計屋の刻明堂さんですよ」

「質屋の高覧堂もあるね。……みさき亭の先代店主が弟子入りしてた店もある」

「おお、これが……。こうしてみると、本当に歴史ある商店街ですよねぇ。……あれ、日立門公園のお写真がないですけど」

「あれはバブル期に計画が立ったはずだから、四十年前はまだなかったかな」

見つけるさんとニィさんは言葉を交わしながら、写真の場所を一ヶ所ずつ見て回る。

「……ええと、このお店はどこです？」

「ここはもう潰れてるね」

「またですか……。二割ほどは潰れてません？」

「まぁ、そうだね。売れ行きが悪くてやめちゃったり、後継ぎがいなかったり、身体を壊して続けられなくなったり――色々あるよ。質屋の高覧堂は息子が帰ってきて続いたけど、あれはけっこう稀《まれ》なケースだね」

「そうなんですか……」

見つけるさんは寂しそうに呟いて、通りに目を移す。

遅めの昼食を食べたころに比べて、買い物客の数は増えている。夕方のセール品や夕飯のおかずを求めている主婦層もいれば、学校が終わったあとの寄り道を楽しんでいる制服姿の学生たちもいる。駄菓子屋でいつも共に遊んでいるような子供たちの姿もある。ちょうど目の前には玩具店があって、店先に並んでいるＵＦＯキャッチャーに子供が群がっていた。

賑わっているように見えるが、それでも潰れてしまう店はある。……空いている土地や、テナント募集の広告が貼ってある建物もけっこうしてゼロではない。

「商売って、難しいんですね」

「そうだよ。それらを束ねて、うまくいくように管理、先導する組合も大変さ」

「その行く末を見守る神様も、ですか?」

「それはないね。なんてったって、ボクは所詮猫だから。歴も浅いし、キミほど優しくもないし、面倒見も良くないし、神通力も強くないし」

「またそんな猫かぶりして……じゃあ、なんで私の監督を任されているんですか」

「さてね。お上の考えることは、よくわかりませーん」

当事者であるはずなのに、ニィさんは他人行儀な態度を崩さない。

むぅ、と見つけるさんの唇が尖った。

「あっ。あの玩具店のご主人もけっこうご高齢でしたよね?」

「古株のひとりではあるね」

「じゃあ、ちょっと尋ねてみましょうか」

見つけるさんは、子供たちを横目に店内に入る。カメラの持ち主に心当たりがないか尋ねるための訪問だったが、残念ながら留守だった。店番をしていたアラフォー世代と思しき店主の娘さん曰く、「大事な用で外出している」とのことだった。

「もうっ、またですか！　これで六軒目ですよ！」

玩具店を出て開口一番、見つけるさんが声を荒らげた。

まるで示し合わせたかのように、他の店の老店主たちもみな出掛けてしまっていた。

「今日って何かあるんです？」

「……さてね」

ニィさんの反応も芳《かんば》しくない。それがますます、見つけるさんをイラつかせた。

「聞き込みも全滅。写真になっている場所も見終わった。何か気付いたことは？」

問われた見つけるさんは目を閉じて、腕を組んだ姿勢で熟考する。

「うーん、何か引っ掛かってはいるんですが……」

こめかみをぐりぐりと指で押してみるが、閃《ひらめ》く気配はない。

「……ちょっと、クッキーでも食べながら考えましょうか」

「それ、ただ間食したいだけなんじゃない？　いい加減太るよ？」

「だいじょうぶなんですー。身体は子供だから縦にしか伸びないんですー」

中身まで完全に子供になったかのような態度だった。落ち着いて考えられる場所を求めて、元来た道を戻っていく。

本通りには歩き疲れたひとのため、短い間隔でベンチが設置されている。しかし、買い物客や通行人で賑わっている時間なので、椅子が空いている場所もなかなか見つからない。

結局、最初にカメラと箱の中身をじっくり見た場所——食べ歩きを売りにする飲食店たちが並ぶ屋台店通りまで戻った。丸テーブルと椅子が偶然、ひとつ空いていた。

座るために近付いていったところ、同じように接近してきた人物に気付き、「あ」と顔を見合わせた。

「みっちゃんじゃん！」

日立門中学校の制服を着た女子生徒だ。

「風香さん！　——と、いうことは……」

「こんにちは、見つけるさん」

声がした方へ顔を向けると、舞浜冴子も一緒だった。

「こんにちはっ」

「ふふ、お元気そうですね」

「はい、元気です。舞浜さんも元気……ですよね？」

「ええ、元気ですよ」

にこりと微笑みかけられるが、見つけるさんは心配してしまう。

彼女に会うたび、見つけるさんは境内での出来事を思い出す。

それを見抜いているのか、冴子は笑みを深める。マイナス方面の笑顔ではけっしてないが、その笑顔が仮面ではないと、見つけるさんは確信を持てずにいた。

「みっちゃんもここ座る？　相席でもいいよね？」

「あ、そうですね。お邪魔でなければ……」

「邪魔なわけないいじゃん！　いいよね、冴子？」

「……風香、見つけるさんにも惚気話を聞かせるつもり？」

「えへっ、バレちゃった？　えへへ……」

風香は頬を緩める。冴子は「隠すつもりないくせに」と苦笑する。

冴子の想いを知っている見つけるさんは、やはり冴子を心配そうに見つめた。すると、視線に気付いた冴子は、風香から見えないよう、口を手で隠しながら見つけるさんに囁いてきた。

「大丈夫です。もう吹っ切れてますから」

――それなら、いいんですが。

境内で涙を流した冴子の姿を思い出すと、未だに胸が締め付けられる。

「ねね、みっちゃん聞いてよ～っ！　この前、付き合い始めてから一週間記念でさ、彼氏が記念品くれたの！　ほらこれ、新しいお守り！　冴子の店までわざわざ行って買ったんだって！　冴子も言ってくれればいいのにさぁ」

「言ったらサプライズにならないでしょう。お客様の秘密を守るのは客商売の常識よ」

たしなめる冴子を無視して、風香の惚気話は続いた。しかし、冴子と見つけるさんはそれを上手に聞いている。

――考えをまとめるつもりでしたけど、あとにしましょうかね。

見つけるさんは、話が一段落したらカメラと写真を箱に片付けようと決めた。

――持ち主については明日、ご高齢の店主に訊いてみましょう。

長く続いた風香の惚気話もいよいよ種切れで、勢いが弱まってくる。カメラを片付けようとしたところで、「舞浜さん？」と声が掛かった。

「……まぁっ。灘さん」

冴子が席を立ち、「お世話になっております」と丁寧にお辞儀をする。接客モードの対応に、風香と見つけるさんも姿勢を正す。

お辞儀をした相手は男性だった。

あっ、と見つけるさんが気付く。お昼ごろに、通行人に取材をしていた男性だ。

Tシャツの上に薄手のシャツを羽織り、黒いチノパンを穿《は》いている。動きやすそうな格好だ。

「冴子、知り合い？」

「うん。日立門のタウン情報誌を扱っている出版社の方」

「あーっ。なんだっけ、『わくわく日立門タウンマップ』……?」

風香の声に、灘と呼ばれた男性は、おっ、という顔を見せた。

「若い女の子にも浸透しているんですね。嬉しい限りです。今後はウェブ版を配信する計画もあるので、励みになりますよ」

冴子は、灘に風香を紹介した。

灘も自己紹介をしてくれた。

「……そちらの女の子もお知り合いで?」

「はい。私の恩人、見つけるさんです」

「本名はミツ子と申します。どうぞ、お見知りおきを」

見つけるさんは、冴子に勝るとも劣らない、丁寧な仕草で綺麗なお辞儀をしてみせる。完全なよそ行きモードだった。取材して欲しさの行動であるのは、言うまでもない。

「きみがそうなのかっ。ははぁ……小さい女の子とは聞いていたけど……」

「え、どなたから聞いたんです?」

灘の言葉を、思わず見つけるさんが掘り下げる。

「最初は舞浜さんからかな。取材中に、最近の商店街で気になることを尋ねたときだ。その後、なんとなく気になってね。商店街を利用するひとやお店のひとに尋ねてみると、『知っている』『助けてもらった』と言うひとがけっこういて驚いたよ。最近やってきた日立門神社の神主さんの親戚の子で、失くし物を見つける神様ごっこをしているんだって？」

——こ、これは、取材される流れなのではッ？

見つけるさんの脳内に、オシャレなカフェで取材される場面が光速で浮かんできた。

「きみも、カメラを使うのかい？」

灘の質問に、妄想が遮られる。

「あ、いえ、これは……」

「それも誰かの失くし物なのかな？」

見つけるさんは写真屋を訪ねたときと同じように、順を追って丁寧に説明した。

灘だけでなく、冴子と風香も興味深そうに話を聞いていた。

「じゃじゃ馬か……ちょっと触らせてもらえないかな？」

灘は、意気込んでカメラに触れた。

色々と弄り回してみたが、ファインダーから目を離すと、眉間にしわが寄っていた。

「確かにこれは難しいね。俺じゃあ無理だな。普段はカメラマンを連れていたりするんだけど、編集部も人手不足でね……」

「灘さんも、このカメラの持ち主さんに心当たりはないですか？」

見つけるさんの質問に、灘は首を横に振る。

「残念ながら。でも、非常に興味深い。実は、タウン情報誌の方で日立門商店街の歴史を特集する予定なんだよ。そのカメラで撮った古い写真があるんだよね。見せてもらってもいい？」

「はい、どうぞ。何か気が付きましたら、教えてください」

「うん。一方的に見せてもらうのも悪いから、俺が撮った写真も見せようか」

灘が、見つけるさんに自分のカメラを渡す。

見た目は見つけるさんが持ち歩いているクラシックカメラによく似ているが、カメラの背面にはディスプレイがついている。画面には撮影した画像が再生されていて、操作をすると別の写真に切り替わっていく。

「わぁっ、綺麗に撮れてますねぇ～。商店街の活気がしっかり伝わってきます！」

デジカメの写真には買い物客の笑顔や、呼び込みをする店主の活《い》き活きとした表情が写っている。

一方、灘も見つけるさんが持ち歩いていた写真を見て唸っていた。

「いい写真だな……許可を貰えるなら特集で使いたいくらいだ。俺の写真と並べたら、昔と現在の比較ができておもしろくなりそうだし。デジカメとクラシックカメラで、うまい具合に対比もできてるんだよな」

続けて、灘は何気なく呟いた。

「こんなふうに、商店街を徹底して風景として捉《とら》えるのもありだな。参考になるよ」

デジカメの画面を見つめていた見つけるさんの顔が、跳ね上がった。

「すみません、いま、なんと仰いました？」

見つけるさんが灘に迫る。

「風景として捉えるのもあり、って言いましたよね」

「……？　言ったけど……それが、どうかした？」

灘は見つけるさんの真意を汲《く》み取《と》れない。それは冴子、風香も同じだった。ニィさんすらも、彼女が何を言いたいのかわからない。

「……そう、それです！　何か引っ掛かっていたのはそれなんですよ！」

見つけるさんはもう一度、デジカメの画面を見つめる。写真を数枚切り替えて、

「やっぱり」と確信する。

「写真を返してもらっていいですか？」

「あ、ああ……どうぞ」

灘から写真を受け取り、再び見つけるさんが集中する。目を見開き、ぐりぐりと瞳を動かして注視する。誰かが唾を飲み込む音がした。それくらい、見つけるさんの表情には鬼気迫るものがあった。

「このクラシックカメラで撮った写真と、灘さんの写真を見比べてわかりました」

周囲に聞こえる声で、見つけるさんは説明する。

「見てください。これは、たまたま同じ場所を撮った写真です。時間も同じで、日中に撮った写真です。でも、古いカメラの持ち主さんの写真にはひとが写っていません。風景だけなんです。灘さんが撮った写真には大勢が写っているのに、古い写真の方にはまったく人気《ひとけ》がないんです」

灘が、感心したように目を見開いた。

「……偶然なんじゃない？」

風香の声に「いいえ」と見つけるさんは首を振る。

「時代は違っても、人通りが多い時間帯と場所のはずです。お店が並ぶ商店街に誰もいないなんて、普通ありえません。しかも、全ての写真がそうなんですよ？　このカメラの持ち主さんは、徹底して風景写真しか撮っていないんです。この写真は全て、頑《かたく》なに、強固に、人々を避けて撮られた写真なんです。これは相当特殊な条件です。一気に結果を絞り込めるはずです」

力強く言い放った見つけるさんの言葉に、風香はやや啞然《あぜん》としていた。冴子は微笑み、灘は興味深そうな面持ちで顎を指で擦っている。ニィさんだけが冷静に呟いた。

「……なるほど。じゃあ、あとは彼らに尋ねるだけか」

ニィさんは、人間たちには聞こえない声で続ける。

「見つけるさん。あっちを見てごらん。通りの向こうだ」

ニィさんに促され、見つけるさんが顔を向ける。

見覚えのある老店主たちが数人、固まって歩いてくるのが見えた。

「タイミングがいいね」

——ええ。

心中でニィさんに頷き返して、見つけるさんは言う。

「検索条件は二つです。写真が上手だけど、ひとを撮らない方。扱いの難しい古いカメラを使用していた方。そんなひとに心当たりがないか、尋ねてみましょう」

＊＊＊

ひとりの男性が、商店街のスピーカーから流れる音楽に耳を傾けていた。十七時を知らせる商店街のチャイムだ。

この時間になると、昼ごろの賑やかさは影を潜める。商店街も、男性の家の中も。

部屋にひとりでいる時間は最近、ずいぶんと減った。この貴重なひとりの時間は、在宅でやっている仕事を一段落させた時間でもある。システムエンジニアとして入社して数年……一時的に在宅勤務を許可してくれた会社への感謝を胸に抱く時間でもあった。

部屋の窓の近くに移動して、煙草を吸うのがささやかな楽しみだった。値段はどんどん上がっているが、やめる気はさらさらない。

煙草を吸い終わったあとは、夕飯の準備をしなければいけない。

料理の仕込み自体は既にやってもらっているから、鍋を温めたり、炊飯器のスイッチを押したり程度で済む。本当にありがたかった。

実家に帰ってきてすぐのころはずいぶん落ち着かなかったが、ようやく一日の流れが出来てきた、と男性は吐息する。会社に無理を言って、父の介護のために戻ってきたころのバタバタが嘘のようだ。あとは元気になってくれれば、出社もできるようになるはずだ。

短くなった煙草を灰皿に押し付け、さて、と独り言を呟く。

台所へ向かおうとしたところで、呼び鈴のブザーが鳴った。劇場の開演を知らせるような古い音だ。

扉を開ける前に覗き穴を確認すると、Tシャツの上に薄手のシャツを羽織った壮齢の男性の姿が見えた。何かのセールスには見えない。商店街の組合員かもしれない、と思って扉を開く。

「こんにちは」

予想に反して、可愛い声が視線よりも下の方から聞こえてきた。

覗き穴から見えていた男性よりも手前に、小さな女の子が立っていた。

上品そうな女の子だった。首元が黒いセーラー襟になっている、赤いワンピースを着た女の子だ。傍らに白い猫がいる。そして、女の子は古いカメラを手にしていた。

それを目にして、男は驚いた。

「突然の訪問と、質問をお許しください。『死神のカメラ』という響きにお心当たりはございませんか？　……あと、その持ち主様にも」

既に驚いていた男性は、さらに驚いた。もしもまだ煙草を咥《くわ》えていたら、床に落としていたに違いない――。

＊＊＊

見つけるさんと灘を出迎えた男性は、上尾《あげお》俊蔵《としぞう》と名乗った。年齢は、灘と同世代のはずだ。

見つけるさんたちは居間へ案内されたあと、丸い座卓を囲み、カメラを俊蔵に手渡した。俊蔵はしばらくカメラを撫で回したあと、目を細めて呟いた。

「懐かしい……」

万感の想いがこもっているのが見て取れた。見つけるさんも灘も、無言でそれを見守った。四十年ぶりの再会のはずだった。

「……いったい、どこでこのカメラを？」

水を向けられたのは灘だった。灘は苦笑する。

「見つけたのは私じゃないです。カメラも、あなたのことも」

　では、誰が？

　そう言いたげに見つめ返してくる俊蔵に、灘は視線を見つけるさんに向けることで答えた。

「高覧堂という名前の質屋さんをご存知ですか？　そちらの倉庫に眠っていたのを、縁あって私が貰い受けました」

「質屋……そうか……」

　俊蔵は宙に視線を泳がせた。遠い時代を見つめているような視線だった。

「じゃあ、最初から……父がこのカメラを高覧堂の主人に売り渡してから四十年近く、こいつは倉庫で眠っていたんですね」

　見つけるさんと灘が顔を見合わせる。

「……最初から売れ残っていた、というのは私も灘さんも初耳です」

「そうでしたか。……しかし、どうしてわざわざ私を探したんです？　死神のカメラという呼び名を掘り起こすのも、ずいぶん大変だったと思いますが……」

　見つけるさんは少し間を置いたあと、決心した様子で言った。

「奇妙に思われるかもしれませんが、隠さずにお話しします。そのカメラには特別なものが宿っています。大切にされたモノにしか宿らない、特別なものです。そんなモノが、どうして倉庫で眠っていたのか……それを知るために、足跡を追いました」

俊蔵はまばたきを繰り返す。

「それは、物に神様が宿る付喪神とか、そういう類の？」

「それに近しいものです。信じるかどうかはお任せしますが、実は私、そういうものを感じ取れるんです。……申し遅れました。私、日立門神社に最近やってきた神主の親戚で、ミツ子と申します」

にこりと屈託《くったく》なく微笑む見つけるさんを、俊蔵は笑わなかった。代わりに、答えを求めるようにカメラを見て、再び撫で回した。

「……。そうですか。確かにこいつなら、そういうのが宿っていても不思議はないか」

信じるのは難しいが、否定するのも難しい。そんな距離感だった。

「差《さ》し支《つか》えなければ、このカメラとお父様のこと、お聞かせ願えますか？」

見つけるさんの言葉に俊蔵は頷く。その後、彼は灘の方を見た。

「ところで、灘さんは出版社の方と仰ってましたが、なんのためにここへ？」

「とあるお願いをするために。ですが、最後で構いません。お父上のことをよくお聞きしたうえで、お願いするかを決めようと思っています」

「……わかりました。死神のカメラという呼び名を知っているなら、父のこともある程度知っているのでしょう。ですが、最初から話しましょうか」

俊蔵は、一度座り直す。長い話になりそうだった。

「カメラの持ち主は私の父で、名前を上尾正蔵《しょうぞう》といいます」

商店街の店で働きながら、プロのカメラマンを夢見ていた。休日になるとカメラを片手にあちこちへ出掛け、納得のいく写真が撮れると、新聞や雑誌に売り込みに行った。そうしているうちに、徐々にカメラの腕を認められ、写真を買ってもらえるようになっていったらしい。

その相棒を務めたのが、例のクラシックカメラだった。

「父は、クセのあるこのカメラをとても愛していました」

——こいつは相当な偏屈者。

——だけど、うまく機嫌を取ってやれば、いい写真を撮ってくれるんだ。

「息子の私が嫉妬《しっと》するくらい、とても可愛がっていましたよ。興味本位で触れようとしたとき、穏やかな父に珍しく叱られました。道具ではなく、完全に生き物として扱っていたのもよく覚えています」

俊蔵の父、正蔵はカメラマンとして活動する一方、商店街でのアルバイトも続けた。

「私と母を養うためだったのですが、商店街で働くのが好きだったようです。父は活気あるこの商店街を愛していました。……ここに来る以前のことを尋ねるとはぐらかされたので、いい思い出がなかったのかもしれません。でも、この街は落ち着く。そう言ってました」

そのせいか、正蔵は休みの日や商店街で催《もよお》しがあるたび、みんなの写真を撮っていた。生活のためではなく、そちらは趣味で撮っていたようだ。特に、行き交う人々や商売をする店主たちの笑顔を好んで被写体としていた。撮ったあと、必ず笑顔の持ち主に写真を見せて回った。

「写真はいつも評判でした。笑顔を撮るのがうまい——そう言われて帰ってきた日は、上機嫌でしたよ。それがまさか、あんなふうに歪んでいくなんて思いもしなかった」

俊蔵は、再び遠い目をして宙を見た。

「そのころ、商店街で偶然、我々の祖父母世代が立て続けに亡くなったんです」

笑顔を撮るのがうまく、笑顔を撮られた人々にもよく気に入られていた。

そのため、正蔵の写真は遺影として使われることが多かった。

そのせいで、事件は起こった。

「ある日、私は泣きながら家に帰ったんです。理由を尋ねられ、私は父に告げました」

——お父さんに写真を撮られるとお迎えが近くなるって言われた。

「そんな噂が、子供たちの間で怪談話として流行ってしまったんです」

「……なるほど。あの噂は、そういう経緯で……」

黙って聞いていた灘が口を挟む。

「実は、死神のカメラという怪談を思い出してこの娘に伝えたのは私なんですよ。私も、ここが故郷でしてね。……『商店街の七不思議・死神のカメラ』。誰が言い出したかもわからないし、由来も知りませんでした。まさか、そんな流れで始まっていたとは」

「息子である私でさえ、なんでそんな話になってしまったのか、未だにわかりません。ただ……子供特有の、無神経さを含んだ噂だったんでしょうね。……でも、父には堪《こた》える噂話でした。私が泣いて帰ってきたのも影響したのでしょう。それから、父はぱったりと人々を撮影するのをやめてしまいました」

見つけるさんが、沈痛な面持ちで俯く。

「……先ほど、古くからお店に携わっているご高齢の店主たちに、『ひとを撮りたがらない、古いカメラを持った人物を知りませんか』と尋ねて回りました。みなさんは逆に、『ひとの笑顔を上手によく撮っていたカメラマン』のことをよく覚えていました。子供たちと大人たちの間で、印象が真逆になってしまったんですね……」

俊蔵の表情も苦いものに変わった。

「子供の噂なんて、知らなければよかったんです。私が、あの日泣きついたりしなければ……」

俊蔵は、その想像を振り切るように首を振った。

「ともかく、父は子供たちの間で流行った怪談話を気にして、商店街の人々を撮るのをやめました。代わりに、商店街の風景を撮るようになったんです」

「お父様は、すぐにカメラを手放したわけではなかったんですね？」

見つけるさんの質問に、俊蔵は首肯する。

「……カメラを手放すことを決めたのは、これから話す事件のあとです」

笑顔を撮り続けていた正蔵が、笑顔を撮らなくなった。

子供たちの噂を知らない大人たちの中には不思議に思う者もいたようだが、直接尋ねてきたのはひとりだけだった。

「当時の、商店街の組合長をしていた方でした。癖《くせ》のある店主たちをまとめるだけあって、なかなか豪気というか……まぁ、そういうひとでした」

彼は正蔵を酒の席に誘い、理由を尋ねてきた。

「組合長は父の写真を気に入ってくれていたひとりだったんですよ。カメラマンになりたいという夢も聞いていて、雑誌や新聞社に橋渡しをしてくれたのも、その組合長でした」

そんな人物に尋ねられて、答えをはぐらかすわけにはいかない。

正蔵は子供たちの噂話を語った。すると、組合長は笑った。

――だったら、俺の写真を撮れ。

――俺はちょっとやそっとでは死なないから。殺したって死なないから。

「組合長は笑いながら、父に写真を撮らせました」

……その数日後、組合長は大雨の日に行方不明になった。

「商店街に水害が出ないか、見回りに行ったまま帰ってこなかったんですよ」

見つけるさんは、ぴしっ、と空気が軋《きし》むような気配を感じた。

「……？」

他の二人は気付いていないようだ。……だが、

（……ニィさん？）

微かだが、ニィさんが剣呑《けんのん》な空気を発しているように思えた。それをよそに、会話は続く。

「その組合長というのは、渋谷《しぶや》丹治《たんじ》さんのことですか？」

灘の質問に、俊蔵は目を見張る。

「ええ、そうです。よくご存知ですね」

「いま、商店街の歴史特集を記事にしていまして。渋谷さんは商店街の立ち上げにも関わった立派なひとだと伺っています。……そんなひとも絡んでいたんですね」

「……殺しても死なないはずだったんですけどね。今日が、組合長が行方不明になった日……命日です」

「あっ！　それで古株の店主たちはみんな出払っていたのか……っ！」

「本当に人望が厚い方でしたからね。……父も今日、墓参りに行きたかったはずです。渋谷さんのことを深く慕っていましたから」

四十年前、恩人を失った正蔵は悲しみに暮れた。

「当時は、酒に酔ってこぼしていましたよ。写真なんか撮らなければよかった。大切な恩人だったのに、俺が殺してしまったのかもしれない、って」

そして正蔵は、写真そのものを完全にやめた。

「若いころからの夢だったカメラマンという仕事も捨てて、未練を完全に断ち切るために、愛着あるカメラを質屋に入れたんです。それが倉庫から出てきたということは……誰も使いこなせず、売れ残ったんでしょうね」

幸か不幸か……どちらなのかは、その場にいた誰にもわからなかった。

――いえ、幸せになるはずです。してみせます。そのために、あのカメラを持ってきたんです。

強い決意を持って、見つけるさんは俊蔵に尋ねる。

「このカメラの持ち主……お父様は……？　体調が優れないと聞きましたが……」

終始厳しかった俊蔵の表情が、少し和らいだ。

「大きな病気をして、退院後は自宅療養しています。気弱になっていますが、まだまだ長生きできそうです。デイサービスのひとと話し疲れて、今は寝ちゃっていますけどね。……たまに昔話をするんですよね。カメラのことを懐かしんでいました」

俊蔵はカメラに視線を落とし、数秒の沈黙のあと、見つけるさんを見つめた。

「……よければこのカメラ、譲ってもらえませんか？　もちろん、お金は支払います」

見つけるさんの答えは、最初から決まっていた。

「お金は受け取れません。大切にされていたモノを持つべき方のもとへ……このカメラに宿る魂が、一番安らげる持ち主のもとへ……それが実現されるだけで十分です。お父様が喜ぶのでしたら、ぜひお受け取りください」

答えている顔は、自然と笑顔になっていた。我ながら会心の笑み、と心中で自画自賛していた。それが間違いでないことは、俊蔵と灘の笑顔が証明してくれていた。

カメラを譲ってから数日後、見つけるさんは日立門公園でお弁当を食べていた。今日もみさき亭のランチに間に合わなかったが、杏仁豆腐は健在だった。見つけるさんが座る噴水前のベンチ周辺には、野良猫たちが寝そべっている。そろそろ梅雨《つゆ》入りの時期だが、日差しは強くなる一方だ。今日も天気がいい。

「暑いのが嫌で、みんな噴水に集まってるんだってさ」

かく言うニィさんも、噴水の縁に身体を丸めている。お弁当を食べ終わったあと、見つけるさんはベンチに腰掛けたまま、足をぶらぶら揺らす。

またひとつ判が増えたスタンプ帳を眺めていたが、すぐに飽きてしまった。

「灘さん、まだですかねぇ……」

「まだ約束の時間じゃないでしょ。せっかちなんだから」

ニィさんの指摘にややむくれながら、見つけるさんは空に視線を移し、数日前のことを思い出す。俊蔵にカメラを譲った、あの日のことだ。

俊蔵と話し終えたあと、見つけるさんと灘はカメラの持ち主、上尾正蔵と対面した。介護ベッドに寝ていた正蔵は、カメラを見て俊蔵以上に驚いた。

——二度と戻ってこないと思っていた。まさか、四十年経って戻ってくるなんて。

──死ぬ前に、このカメラに礼を言いたかった。ありがとう。

そう、お礼を言ってもらえた。見つけるさんと灘が、「死ぬなんて言わないでください。まだまだ元気でいてもらわないと困ります」と切り返すと、正蔵は笑った。息子の俊蔵曰く、笑ったのは久しぶりだったようだ。

またいつか商店街の風景写真を撮れるよう、がんばると約束してくれた。

「正蔵さん、いつか元気になって、また写真を撮ってくれたらいいですよね」

「……そうだね」

調子を良くした見つけるさんは、にんまり微笑んでニィさんに語り掛ける。

「今回の私、ハナマルさんだったでしょう？　カメラの持ち主を見つけて喜んでもらえて、完璧じゃありません？」

きっと称賛されるに違いない、と思ってのアピールだった。

「……ん、まぁ、そだね」

ニィさんは言葉少なに返答した。

「……？」

見つけるさんは首を傾げる。否定的でも肯定的でもない印象を受ける返答だった。

どこか、上の空だった。

——何か、考え事でも？

——そういえば、俊蔵さんと話をしてるときも変でした。

一度考え出すと、答えが知りたくなってたまらない。

尋ねてみようと思って口を開いたとき、遠くから声が聞こえた。

「おーい、お待たせーっ」

灘の声だった。

今日もTシャツの上にシャツを羽織っている。お気に入りの格好なのかもしれない。

「やっと刷り上がったよ。印刷所から届いたばかりの出来立てホヤホヤだ」

灘は、手にしていたタウン情報誌、『わくわく日立門タウンマップ』を渡してくれた。

「拝見いたします！」

目次を確認したあと、べべべべ、と見つけるさんがページをめくっていく。

商店街を特集したページを開いた見つけるさんは、ふわぁっ、と嬉しそうに歓声を上げた。商店街の歴史を紹介するページは、新旧の光景を収めた写真で彩《いろど》られていた。時代が移り変わる様子がわかるように、現在と過去の写真が並んでいる。

使われているのは灘が撮った写真と、上尾正蔵が『死神のカメラ』で撮影した過去の写真だった。正蔵と対面したとき、灘は名刺を渡し、商店街の特集記事にぜひとも正蔵が撮った写真を使いたいと申し出たのだ。

　カメラの箱に入っていた写真と、カメラの中のフィルムに残っていた写真。それらは正蔵の快諾を得て、現代に蘇《よみがえ》った。

「写真はやはり、ひとの目に触れるのが一番ですね。――本当によかったです」

　見つけるさんが微笑む。きっと、あのカメラも喜んでくれているはずだった。

「おかげさまでいい記事が書けたよ。……あと、例の紹介ページもばっちりだから。そこから三ページ後かな」

　見つけるさんは再びページをめくる。

　三ページ先では、洋服店・一番星が紹介されていた。冴子のインタビュー記事も載っている。そのページの片隅に、一張羅を着た見つけるさんの写真が載っていた。冴子が作った、『私立小学校の面接にも着ていける』シックで落ち着いた服を着て、ニィさんを抱えている。写真の隣には、こう書かれていた。

「舞浜冴子さんが気になる存在と語った、商店街の見つけるさん。失くし物を一緒に探してくれる親切で可愛い女の子。困ったときは、お菓子を渡してお願いしてね！」

　雑誌デビューを果たした見つけるさんは、飛び跳ねて喜んでいた。

＊＊＊

灘総悟は、見つけるさんに雑誌を届けたあと、商店街でクレープを食べていた。

例の、食べ歩きを売りにする飲食店が多く建ち並ぶ屋台店通りだ。その中のひとつに、灘が学生時代から通っている老舗のクレープ屋がある。学生時代の灘を甘党にした店は、今日も変わらず営業している。

平日の昼間だが、人通りはいつもより多く感じられる。

組合が企画した期間限定のスタンプカードのおかげかもしれない。商店街で買い物をするとスタンプをひとつ押してもらえ、一定以上溜まると金券やグッズに替えることができる。ありふれた企画ではあるが、何もないよりはいいということだろう。

灘はクレープを頬張りながら、ぼんやりと商店街のことを思う。

……実を言うと、日立門商店街は苦戦している。

単純に売り上げが伸び悩んでいる、と現在の組合長が取材のときに語ってくれた。

それは、ずっと前から存在する悩みだ。数年前、都心の大手出版社にいた灘が故郷の日立門に帰ってきて、タウン情報誌を作るようになるもっと前から……ずっとだ。

組合長だけでなく、商店街で店を営んでいる人間なら誰もが感じていることだった。

現実を知る商店街の店主たちは必ずしも、子供たちに店を継いでほしいとは思っていない。

たとえば、一年前に亡くなった質屋・高覧堂の主人は、商店街に限界を感じて息子を大学に行かせていた。彼は結果として、二代目として店を継ぐことになったが、商店街の未来に不安を感じて、子供を普通の会社員にさせようとする親は多い。

商店街からの人員流出は過去から確実にあった。現在もその流れは変わっていない。

しかし、高覧堂の跡取り息子は帰ってきた。取材で話を聞きに行ったとき、灘は彼に訊いていた。——何故帰ってきたんです？　と。

「なんとなく、商店街に戻りたくなったんですよ。やっぱり、故郷だからなのかな」

言っていることは、よく理解できた。都会で芸能人のスクープを追い続けていた灘もまた、同じような気持ちでこの街に雑誌ライターとして戻ってきたからだ。

昔、世話になったデスクから現在の出版社に誘われたのも大きな要因だったが、それと並んで、故郷のために働いてみたいと思う気持ちも強かった。

……あともうひとつ、彼と灘との間には奇妙な共通点があった。

「里帰りしたときに、夢に猫神様が出てきたんですよ。帰ってくるなら見守るよって」

……灘は、思う。

商店街だけでしか買えない商品は、厳しく見れば何もない。健闘はしているが、都心の百貨店や、広い駐車場を持つ大型スーパーで買い物をする人々の方が多いだろう。

だが、みさき亭のように親子二人で奮闘している店もある。舞浜家のように、次世代を育てている洋服店もある。『ウチの店しかやってないことをやろう』という野心を持っている店は存在している。

それに、本通りを見ていても思うが、この商店街にはまだまだ活気がある。ひとの繋がりがある。商店街だけでしか買えない商品はないかもしれないが、商店街に来ると感じられる、無形の『優しい何か』は漂っているように思えた。

それらを支えているのは、夢枕に立つ猫神様なのかもしれない。

加えて、嘘か誠《まこと》か、猫神様に続いて、新たに神様を名乗るキレ者の少女もいる。

商店街の魅力を伝えるという難題に挑み続けて疲れている部分もあるが、なんだかおもしろくなってきた、とわくわくする気持ちも灘に芽生えていた。

「……猫もいるしな」

気が付けば、野良猫がそろりそろりと足下に近付いてきていた。ぶち模様の太った猫だった。餌を求めて寄ってきたのかもしれない。身を乗り出しても逃げる気配はない。それどころか、灘の膝の上に乗ってきた。

猫を眺めていたらしい若い女の子たちが、きゃあっ、かわいいっ、と黄色い声を上げている。写真を撮ってもいいですか、と問われた灘は、苦笑しながら頷いた。

——日立門商店街では、知らないひと同士だって繋がれる。

新しい特集記事のテーマが、頭を掠めていた。

今日は缶ビールを片手に、知らないひとに声を掛けてみようか。きっと誰かと繋がれる。あの小さな娘も、そうやってカメラを持ち主へ返したのだから。

＊＊＊

灘が若い女の子たちに写真を撮られているころ、ニィさんはひとりで商店街にいた。

見つけるさんは、写真屋のアルバイトの女性に雑誌を見せに行っている。そのあとは舞浜冴子のところへ、改めて服のお礼に行くと言っていた。

「ボクもたまにはひとりで考え事をしたいから、ちょっと散歩してくる」

そう告げて、ニィさんは見つけるさんから離れた。

足を運んだのは、商店街の本通りにある猫の銅像がある場所だ。

十年ほど前に作られた『猫神様』の像である。こんなものにお金を使って、と嘆いていたら案の定、商店街の売り上げが時代の移り変わりと共に厳しくなっていった。ニィさんにとっては苦い思い出のある像だ。夢枕に立って強く反対すべきだった、と未だに後悔している。

眷属の猫たちも悔やむニィさんに気を遣って、像にはあまり近寄らない。それをいいことに、ニィさんはひとりになりたいときは銅像に登ることにしていた。

受肉している状態だと『罰当たり』と称されて組合の人間におろされるかもしれないので、一時的に肉体を捨て、霊体になって像の上から人々を見下ろした。

スタンプカードのおかげか、いつもよりひとが多い。

渋谷丹治が作り、遺志を継いだ者たちが育てた商店街は今日もここにある。

（……まさか、渋谷丹治の名前をあんな場所で聞くとはね）

勘のいい見つけるさんが異変に気付いていたかもしれないが、今のところは追求してくる気配はない。何か尋ねられたら適当にはぐらかそうと決めている。いつ質問されてもいいように心構えだけはしておかねば。

（……本当に面倒なお役目だよ。神様っていうのは）

望んで神様になったわけではないニィさんにとって、その想いは尾を引いている。

昔はただ、毎日を自由気ままに過ごしていた。

懐かしい写真を多く見せられたせいか、郷愁が色濃く胸に蘇っていた。

(神様になんかならなければ、今頃は……)

――ちりんっ。

懐かしい鈴の音が聞こえて、ニィさんは耳をぴくりと動かした。

耳を立てた状態で周囲を見回すと、白杖を携えた老婆が銅像へ向かってきていた。

(…………)

ニィさんは、銅像から逃げるように立ち去る。

鈴の音色が聞こえなくなるまで、受肉していない状態であることも忘れ、なりふり構わずに逃げた。

誰からも咎められない罪から逃げるために。

けっして償うことのできない罪から目を逸らすために。

店先で垂れ流されているラジオの天気予報が、明日からの梅雨入りを宣言している。

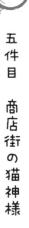

五件目　商店街の猫神様

ニィさんが日立門商店街を見守る神様になったのは、およそ三十年前。

そこから長い間、人間と猫を見守ってきたニィさんはひとつのことを思う。

諸説色々あるが、天賦《てんぷ》の才《さい》というのは確実に存在する——と。

商店街には様々な店があるが、店というのは『才』を売る場所でもある。

安くて美味《うま》い食べ物を生み出すのも、もっと暮らしが便利になるように考えて新しいサービスを実現することも、少しでも毎日が楽しくなれるように心を砕くことも、それを実現する側に能力がなくては成り立たない。

必ずしも特別な力である必要はない。毎日休まず店を開け、同じ場所で誰かを出迎え続けることもまた、立派な才のひとつに違いない。

才とは罪深いもので、それを見つけられずに苦悩する人間の姿も多く見てきた。それでも、才を見つけている者の輝きは目を奪われるほどに鮮やかで眩《まぶ》しい。神様の立場から見ても、羨ましくなるほどに。

特にニィさんは自分を『何も持たない神様』だと思っているから、なおさらだ。

監督者という立場上、見つけるさん相手には虚勢を張ったり偉《えら》ぶったり、説教することもあるが、この自信のなさがニィさんの偽らざる姿だった。

「今日も大漁ですよ〜。むふふッ」

そんなニィさんの正体なぞ欠片も知らぬまま、なんだか親父臭い笑みを漏らすのは、見た目は上品そうな少女、見つけるさんだ。

今日も今日とてみさき亭のランチを食べ逃がしたが、代わりに得た杏仁豆腐と、商店街の有志からありがたく頂戴《ちょうだい》した数々の戦利品を手にしている。日立門公園で食事中の彼女は、満面の笑みだ。しかも、今日はおしゃれな服を着ている。舞浜冴子がプレゼントしてくれた明るい配色のストライプ柄キャミソールにミニスカート、「足元が冷えないように」とセットでくれた白いハイソックスが目に眩しい。初夏らしい活発な印象を与える服装だった。

「なんでお金より食べ物が多く集まるんでしょうね？」

失くし物を見つけて助けた飲食店の店主たちはもちろん、見つけるさんを可愛がってくれる人々も、お布施代わりに食べ物をくれる回数が増えていた。

「いつも何かをおいしそうに食べて喜んでるからじゃない？」

「そうですね！　いやぁ、これも人徳、人柄というものでしょうか？」

「はいはい。調子に乗らないの」

適当にあしらってはいるが、見つけるさんの言っていることは正しい。

商店街に来てわずか一ヶ月と少し。短期間でこれだけ奉納品（？）が集まるのは、彼女の人柄に拠るところが大きい。

物品限定で失くし物を見つける神様。

ひとの悲しみを共に悲しみ、喜びを共に喜べる神様。

自然と笑顔を振りまき、それを見た人間をも笑顔にしてしまう神様。

それらは間違いなく、彼女の『才』だ。

ニィさんからすれば、見つけるさんは神様になるべくしてなった特別な存在だった。

（……ま、だからと言って、良き神様なのかどうかはまだわかんないけど）

自分の功績をすぐにひけらかし、自らの力を過信するのはまだまだ幼い証拠だ。

力を持つ故《ゆえ》の危うさはニィさんが持たなかったものなので、見ていると余計に危なっかしい。

——自分が持たなかったものなので羨ましいのは、事実ではあるけれども。

ついでに言えば、毎日おいしそうに食べている杏仁豆腐も羨ましい。

一口くれない？　の一言は、なけなしのプライドが邪魔して今日も言えそうにない。

口が裂けても言うつもりはないが、本音を言えば、猫用のラーメン作りをみさき亭の主人に挑んでみてほしかった。たとえ神主の姿で来店しても、猫舌なので食えないのだ。

＊＊＊

日立門公園で食事を終えたあと、見つけるさんはニィさんを伴って日課の商店街散策ツアーを行う。

商店街の様子を見回りながら失くし物をしたひとを探しているのだが、今日は考え事をしながら歩いているので、集中できていない。

……というのも、ニィさんの様子がおかしいのだ。

一週間前にカメラの持ち主を探してから、どうも何か考え込んでいるように見える。

表面は出会った当初と同じく、のらりくらり、飄々としているように見えるが、話をちゃんと聞いていなかったり、小言を言ってくる回数が確実に減っていた。監督に集中できていない、と見つけるさんは感じている。

今日も、見つけるさんが食事をしている最中にぼうっとしていた。

特に、杏仁豆腐を食べているときは粘《ねば》っこい視線を浴びせられたような気がする。

（……食べたいわけでもないでしょうし）

毎日毎日飽きもせず食べているので、呆れているのだろうか。

「本当に太るよ？」と伝えたいのだろうか。一度、本気で説教されて半泣きになって以降、体重に関する話題は避けてくれているはずだが――。

（まさか、ニィさん……私のことを認めてくれた？）

いや、それはないな。一秒で自己否定した。

杏仁豆腐ではなく、ラーメンを食べたいのだろうか。

いや、それもないな、とこちらもすぐに否定した。

そもそも、ニィさんは神様なので、必要以上に猫かぶりをする必要はないはずだ。

その気になれば、神主の姿で店に行き、ラーメンを注文することが可能なはずだ。

（……あれ、でも、ニィさんって、神様になる以前はどういうアレなのでしょう……？）

養蚕の神、金色姫命の眷属神とは聞いたが、『元が何なのか』までは聞いていない。

神様になる以前の話は、何も聞かされていない。

そこに考えが至ったとき、カメラの持ち主の息子・上尾俊蔵と話しているときの違和感が脳裏に蘇った。

あのとき、ニィさんは剣呑な空気を発した。確かあのときは、昔の商店街の組合長の話をしていたはずだ。名前は――渋谷丹治だったか。

(もしかすると、渋谷丹治氏と何か因縁でも？　それに関連して神様になったとか？)

一度気になりだすと、答えを聞くまでは満足できない性質《たち》だ。

話をどう切り出そうか。商店街を見回るふりをしながら、そればかりを考えている。

そういえばこの先に、『商店街の守り神・猫神様』と題された銅像が建っている。

そこへ着いたら、さりげなくニィさんの出自について尋ねてみよう。

不自然でない程度に歩行速度を緩やかに上げていく。

――その手前で、ちりりん、と涼しい音が耳についた。

「……今の音は……」

聞き覚えのある音だ。ニィさんも立ち止まり、耳をピンと立てている。

ちょうどお昼のご飯時が終わったところだ。平日ということもあって、通行人は多くない。周囲を見回すと、鈴と共に頭に思い描いた人物の背中が、すぐに見つかった。

少し曲がった背中に、少し左へ傾いた肩。右手に白杖を携えている老婆の背中だ。何度も見つけるさんの前で鈴を落としているおばあさんだ。本通りから脇道へ折れていく。

……はて、と見つけるさんは不思議に思う。あんなに遠くにおばあさんがいるのに、どうして鈴の音色はこんなに近くに聞こえるのか。

「みゃあ」

足元から可愛らしい猫の鳴き声が聞こえた。ニィさんの声ではない。目を向けると、ニィさんのそばに、どこか申し訳なさそうに頭を垂れながら、鈴を咥えている茶色い毛並みの野良猫の姿があった。

「……あのおばあさん、また落としてるーっ⁉」

いったいこれで何度目なのか。

「って、言ってる場合じゃありませんね！　その鈴、ください！」

膝を折って手を差し出すと、茶トラの野良猫は見つけるさんの手のひらにちりんと鈴を落とした。

見つけるさんは老婆を追って、本通りを疾走する。まだ追いつけるはずだ。

だが、その予想は本通りから脇道へ入ったときに打ち砕かれる。バス停に立っていたらしいおばあさんは、ちょうどバスに乗り込んでいるところだった。

「ま、待ってくださいーっ！」

見つけるさんの叫びが響く。全速力で追走した。……健闘虚《むな》しく、バスは発車して、見つけるさんをあっさりと置き去りにしてしまった。

「はぁっ、はあっ……もうっ……走り損ですよ……はぁっ……」

膝に両手を突いて呼吸を整える。その間に、ニィさんと鈴を拾った野良猫がそばに寄ってきていた。

「す、すみません、ニィさん、力、及ばず……で、でも、諦めたわけではありませんから……必ずお家を探して、この鈴を届け……」

「疲れてるところ悪いけど、あのおばあさんの家なら、この野良猫が知ってるってさ」

「…………。はい？」

「ちょっと遠いから、次のバスで行くのがいいかもね。三十分ほど待てば次が来るよ。歩いてもそれくらいで着くかもしれないけど」

「……えぇと、私、完全に走り損です？」

「まぁ、そうなるね」

ニィさんは無慈悲に傷口をえぐった。代わりに、隣の野良猫が申し訳なさそうに耳を伏せている。

「案内はこいつに任せるよ」

「え、一緒に行かないんです？」

「うん」

見つけるさんは釈然としない気持ちでまばたきを繰り返す。

ニィさんと別行動を取ることはあるが、失くし物、落とし物が関わっている状態で離れるのは初めてだ。

「それじゃ、よろしくね。ボクがいなくてもサボらないこと、調子に乗らないこと。いいね？」

ニィさんは返事を待たずに、反転して立ち去ってしまう。

野良猫はその背中を、じっと見送る。

野良ではあるが、健康そうな猫だ。毛並みや耳の形がニィさんに似ている。

「……なんなんです、いったい？」

思わず野良猫に尋ねるが、もちろん言葉は返ってこない。んみゃあ、と申し訳なさそうな鳴き声が返ってきただけでも上出来だった。

バスが来るまでじっとしているのは性に合わなかったので、見つけるさんは野良猫を伴っておばあさんの家を徒歩で目指した。
商店街からここまで遠く離れるのは初めてなので、ちょっとした冒険気分だ。
けでもなく、一軒家やアパート、マンションがずっと続いていく。大型の遊具が設置されている広めの公園もあり、コンビニも点在している。住むには何も困らなそうな地域だった。

野良猫の先導で歩いていくと、なだらかな坂道を登る回数が増えていく。高級そうな一軒家や、古そうな一軒家が増えていく。どれも塀に囲われている。裕福な家庭が多いのかもしれない――そんなことを思っていたところで、野良猫が立ち止まった。

「ここですか？」

みゃあ、と細い声が返ってきた。敷地は周辺の家と比べて広くはないが、表の門は立派だ。奥には二階建ての一軒家が見える。庭もあるようだ。

そして、表札には――

「えっ」

渋谷と書かれている。……偶然だろうか？

「……くっ、ふっ……」

呼び鈴を押すため、見つけるさんは限界まで背伸びする。

なんとか届いて押し込むと、ちりりん、と鈴のようなチャイムが鳴った。

ずいぶん時間が経ったあと、おばあさんの声がした。答えた。

「商店街の見つけるさんです。落とし物を届けに参りました」


おばあさんは、見つけるさんを客間に快く通してくれた。家の中はみさき亭の親子の家に似た雰囲気を持っている。最近張り替えたのか、まだ青い匂いがする畳が鼻にも肌にも心地よい。客間の軒先は庭に面しているので、日当たりもよかった。

「いつもいつも拾ってくれてねぇ……それに今日はこんな遠くまで。親切にありがとうねぇ」

せめてものお礼に、とおばあさんは果物を振る舞ってくれた。

目はやはり不自由なようで、サングラスも掛けたままだが、室内で生活する範囲では困っていないようだ。高齢者らしいゆったりとした動きではあるが、家の中を歩く動作には迷いや恐れがなく、果物も綺麗にカットされた状態で出てきた。

りんごやメロン、オレンジ。色鮮やかなカットフルーツが白い皿を彩っている。

「こ、こんなに頂いてしまっていいんですかっ……？」

「えぇ、えぇ。どうぞぉ。この間、お客さんがたくさん来てねぇ。そのときのお土産……ひとりで食べ切れなくて困っていたところなのさ。どうぞ、召し上がれぇ」

優しい語り口調が特徴的なおばあさんだった。心が落ち着く喋り方だった。

「では、いただきます！」

「はぁい。……チャトラ、お前にもおやつがあるよ。こっちでお食べ」

野良猫が「みゃあ」と返事をしておばあさんの隣につく。

「あ、その猫さん、おばあさんが飼われている猫さんだったんですか？」

返答まで、少し間があった。

「……どうだろうねぇ」

しかも、返ってきたのは要領を得ない回答だった。

不思議には思ったが、あまり事情に立ち入り過ぎるなというニィさんの教えを思い出して、見つけるさんは追求しなかった。

「桃の缶詰も食べるかい？」

「い、いいんですかっ！」

「いいともいいとも。果物を食べ終わったら持ってくるよ。好きなだけ食べていってねぇ」

「でも、貰い過ぎでは……」

「ううん。そんなことはないんだよぉ。鈴を拾ってくれたお礼だから」

おばあさんはいつも、白杖に紐を結んで鈴をぶら下げている。

「あの鈴……大切なものなんですか？」

おばあさんの口元が、穏やかな笑みの形を取る。

「とても大事なものさ。あの鈴はねぇ、昔、ウチで飼ってた猫のお気に入りのおもちゃだったのよぉ」

おばあさんは一度席を立ち、玄関の方へ足を運ぶ。戻ってくるときには、あの鈴の音と一緒だった。鈴の音を聞いて、別の部屋でおやつを食べていたはずの野良猫が客間の方へ戻ってきた。

「チャトラ、鈴だよ」

ちりりりん、と音を鳴らしてから床へ鈴を落とすと、野良猫は鳴きながら鈴を両前足で摑み、そのまま畳の上を転がった。ちりりん、ちりりん、と鈴が跳ねるたびに音が鳴る。音が鳴るたびに野良猫チャトラも興奮する。

「……こんな具合によく遊ぶのさ。ふふふ」

おばあさんの笑みは、屈託のない少女のような笑みだった。加えて、この世のものではない、空想の物語を語るときのような、浮世離れした語り口調だった。

……悪く言えば、どこか正気ではないような。

気安く深い事情に切り込むな、というニィさんの教えを忘れたつもりはない。だが、渋谷という名字を見てから疑念を持っていた見つけるさんは、訊いてしまった。

「おばあさんが猫を飼っていらしたのは、どれほど前なのです？」

「うん？　……あの子を拾ったのは……飼い始めたのは四十年前だったかねぇ」

やはり、という思いが最初に来た。それから、少しの恐れがやってきた。

「……その、四十年前に拾われた猫さんのお名前は、チャトラなのです？」

返答までには、やはり少し間があった。

だが、おばあさんは微笑む。例の、屈託のない無邪気な少女の笑みを浮かべている。

「あぁ、そうだよぉ」

見つけるさんは眉をひそめる。茶色の野良猫は、鈴の紐をかじって遊んでいる。おばあさんは、飼い猫ではありえないはずのチャトラを穏やかに見つめている。

「すみません、お手洗いをお借りしてもいいですか？」

「どうぞどうぞぉ。部屋を出て左、そのまま廊下を真《ま》っ直《す》ぐだよぉ」

見つけるさんは席を立つ。……トイレへ向かわずに、音を立てないように襖《ふすま》を開けて、他の部屋を確認する。仏壇がある部屋を見つけて、少しだけお邪魔した。

仏壇の真上には遺影が飾られていた。初老の男性の写真だ。見たことのある色合いの写真だった。おそらくは『死神のカメラ』で撮られた、笑顔の遺影だ。

見つけるさんは部屋を出て客間へ戻る。

その途中、おばあさんが激しく咳《せ》き込《こ》む音と、んみゃあっ、と慌てたような猫の鳴き声を聞いた。嫌な予感がして、見つけるさんは廊下を走った。

「っ！　おばあさんっ!?」

客間では、おばあさんが胸元を摑んでうずくまっていた。

「あぁ、あぁ……ごめんねぇ……休めば、すぐよくなるから……」

見つけるさんはおばあさんの背中を擦る。野良猫も、おばあさんに潤《うる》んだ瞳を向けていた。


……おばあさんの家を出たのは夕方ごろだった。

笑顔でおもてなしのお礼を述べた見つけるさんを、おばあさんも「また商店街でねぇ」と明るく見送ってくれた。本人の言う通り、休んだあとの体調は良さそうだった。

帰り道、見つけるさんは真剣な顔で考え事に没頭する。隣を歩く野良猫チャトラが時折心配そうに見上げてくるが、無視している。

　意識を現実に戻したのは、行き先に白い猫の姿が見えたからだった。

　ニィさんだ。道路に腰を下ろして尻尾を揺らしている。

「おかえり。お疲れさん」

　硬い声だった。少し毛も逆立っているように見える。

　見つけるさんは返事をせず、じぃっとニィさんの赤い瞳を見つめる。

　……やれやれ、と言いたげにニィさんが吐息した。

「その様子だと、また良からぬ詮索をしているね。困った子だよ」

　見つけるさんは、開き直る。

「……遺影を見て確信しました。あのおばあさん、渋谷丹治さんのご遺族ですね？　渋谷丹治さんの名前を聞いてから、ニィさんは変です。……あの方々と所縁があるのではないですか？」

　途端、ニィさんは威圧するように黙り込んだ。しかし、言う前から覚悟していた見つけるさんは一歩も引かない。

　ニィさんは、深いため息をついた。

「もう、あの家には近付かないこと。いいね？」

言い残して、ニィさんは見つけるさんに背を向けて歩き始めた。

その背中に向けて、見つけるさんは呟く。

「……わかりました。近付かなければいいんですね」


翌朝、見つけるさんはニィさんが目覚める前に着々と準備を進めていた。

ニィさんは先輩で神様だが、一度深い眠りにつくとなかなか起きてこない。寝起きもひどく、完全に覚醒《かくせい》するのは十一時ごろだ。

その隙を突いて、見つけるさんはおばあさんの家に向かうつもりだった。

高覧堂の店主から借りた古い子供用のリュックサックに、これまた高覧堂の店主から借りた双眼鏡を入れる。野鳥観察に使う本格的なもので、遠くからの観察に適している。その他に、ペットボトルのお茶が入っている。

（……あとは、パン屋さんに寄るだけです）

張り込みと言えば、アンパンだ。そこは絶対に外せない。

三十分ほど歩いて、おばあさんの家に着く。幸いなことに、家の近くには小さな公園がある。遊んでいる子供たちの姿もなく、登りやすそうな木もある。理想的だ。

木に登り、双眼鏡を覗く。……庭と、庭に面している客間の軒先が見える。昨日、商店街へ帰る前に下見はしていたが、実際に双眼鏡を覗くまでは不安だった。うまくいって安心する。

おばあさんは軒先に座布団を置いて、お茶を飲みながら日向《ひなた》ぼっこをしていた。

しばらくすると、そこに野良猫がやってきた。茶色い毛並みだった。

昨日と同じ野良猫かと思ったが、よく見ると毛の色や尻尾の形が微妙に違う。

野良猫を迎えるおばあさんの表情は明るい。そばに寄ってきた猫を撫で回すと、猫の方も喜び、おばあさんのそばで寝転がり、やがて仰向《あおむ》けになった。

何を喋っているのかはわからないが、おばあさんは野良猫に頻繁に話し掛けている。

……唇を読む。何度か『チャトラ』の名前が出ているようだった。

猫の動きが一段落すると、おばあさんは席を立つ。

戻ってくると、寝転んでいた野良猫は何かに反応して飛び起きた。

見つけるさんはおばあさんの手に注目する。……思った通り、あの鈴だ。

野良猫は、おばあさんが座る前から鈴に手を伸ばしていた。おばあさんが腰を下ろして鈴を投げると、野良猫が飛びつく。

昨日の猫と同じように、鈴を摑んだまま野良猫は床をごろごろと転がる。たまに、鈴についている紐をかじっていた。

――二匹の猫が、まったく同じ動きをしている。

――それも、似たような毛並みの猫が。

木の上でアンパンを頬張りながら、見つけるさんはその意味を考える。


野良猫が帰ったあと、おばあさんは洗濯や部屋の掃除に着手した。

やはり、少しは視力が残っているようだ。手探りで作業をしていることもあるので、弱視なのは間違いない。

公園の時計を見ると、既に正午を過ぎている。

数時間張り付いているが、収穫は猫たちの行動と、おばあさんの視力についての情報くらいだった。

それでも、見つけるさんは木から下りない。木の幹にもたれ掛かって、何かを待っている。

ふわぁ、とだらしなく欠伸をしている表情が引き締まったのは、おばあさんが客間の窓を閉め始めたときだった。他の部屋の窓やカーテンも閉め始めている。

その後、おばあさんは玄関から出てきた。野良猫と遊んでいたときの服装とは違う。

白杖も携えている。外出するつもりのようだ。

見つけるさんは双眼鏡をリュックに入れて、するすると木の上から地面へ下りる。

公園からおばあさんの家の方へ、小走りで駆け寄っていく。

渋谷家の門前へ着くと、なだらかな坂道を下っていくおばあさんの、少し曲がった背中が見えた。声を掛けるつもりで、見つけるさんはまたもや小走りで向かっていく。

「……見て、ほら、渋谷さん」

見つけるさんの足がぴたりと止まる。声がした方を見ると、初老の女性二人が立ち話をしていた。

「……今朝も猫の鳴き声してなかった？」

「してたしてた。……やめてって言ってるのにね」

「ねぇ。最近はあまり来てなかったはずなのに、ほとぼりが冷めるとまた軒先で遊ばせるんだから。周りでフンとかはしてないみたいだけど、やっぱり嫌よねぇ……」

「どの猫のこともチャトラって呼んでるけど、それって、渋谷さんがずっと昔に飼ってた猫の名前なんでしょう？　ウチの旦那も、なんだか気味が悪いって……」

「最近、具合もあんまり良くないんですってね。総合病院で検査しているのを見たってひともいるの。身寄りもないみたいだし、どうするつもりなのかしらね」

に去っていく。

「いま話題になっている孤独死になるんじゃ……」

そこで、立ち話をしていた片方の女性がようやく見つけるさんの視線に気付いた。話を止めるような仕草に反応して、もうひとりも口をつぐんだ。二人は気まずそうに去っていく。

——いけない、急がなきゃ。

見つけるさんは坂道を下っていく。ずいぶん小さくなってしまったおばあさんの背中を追った。梅雨に入ったはずだが、雨の気配はまったくない。夏らしくなってきた強い日差しだけは未だに激しい自己主張を続けている。

走っていると、見つけるさんの額からもすぐに汗が流れ始めた。たまにペースを落としながら、それでも走るのはやめない。

おばあさんに追いついた場所は、商店街行きのバス停だった。声を掛けると、屈託のない少女のような笑みを浮かべて、おばあさんは喜んでくれた。

バスに乗り込むと、見つけるさんはおばあさんの隣に座った。他に乗客はいないので、気兼ねせずに話ができそうだった。

「また会うなんて奇遇ですね！　行き先も一緒ですし！」

「そうだねぇ、嬉しいねぇ」

おばあさんはいつもの朗《ほが》らかな口調で相手をしてくれた。

「今日は、学校はお休みかい？」

「いえ！　以前もお話ししましたが、私は神様です！　なので、学校には行きません！」

おばあさんは目を細める。

「あぁそうそう、そうだったねぇ。この歳になると、物忘れが激しくていけないねぇ」

「そんなことないですよ！　……まだまだ、元気でいてほしいです。そういえば、この間も同じような話を別の方にしました」

「おや、そうなのかい？」

「はい。上尾正蔵さんという方に」

「……うん？　昔、写真を撮っていた上尾さん？」

やはり、という思いを隠しながら見つけるさんは続ける。

「あっ、そうですそうです。その上尾さんです」

「まぁっ……あの方、具合が良くないのかい？」

「大きな病気をされたあと、気弱になってしまっていたようです。でも、元気になりたいとも仰っていました。きっと大丈夫です」

「そうかいそうかい……。お嬢ちゃんは上尾さんと知り合いなんだねぇ」

「はい。失くし物を見つけたおかげでお近づきになれました。私、意外と商店街で有名なんですよ？　上尾さん以外にもですね……」

見つけるさんの交友話に、おばあさんは笑顔で耳を傾けている。おばあさんの知り合いの名前が出ると、そのたびに少し驚いてくれた。

「友達がいっぱいなんだねぇ」

「はいっ！　あの商店街の方々はみんな親切です。大好きです」

「……うんうん。そう言ってもらえると嬉しいねぇ……」

しみじみと言われ、見つけるさんは言葉を切った。

話が続きそうな気配だったが、おばあさんはニコニコ笑うばかりで、何も言わない。

「……おばあさんはよく商店街に足を運んでいるみたいですが、いつも何か用事で？」

「買い物は全部、商店街で済ませてるんだよぉ。あそこは知り合いが多くてねぇ……今日は食品を買いにね、あぁ、あと……紐も買わないとね」

「紐？　……鈴のですか？」

「うんうん。猫たちがたくさんかじっちゃうから、すぐ傷んじゃうんだねぇ。こまめに紐を替えないと、また落としちゃうからねぇ……」

見つけるさんは無言でおばあさんを注視する。

そうしているうちにバスが商店街に着いた。二人は、降車する。

バスを降りたあと、見つけるさんはおばあさんと手を繋いで行動を共にした。

おばあさんの買い物に付き添い、商店街の店主たちと接する姿を観察する。

「輝美《てるみ》さん、いらっしゃい」と声を掛けられているのを聞いて、見つけるさんは初めて彼女の名前が渋谷輝美であることを知った。

おばあさんはおばあさんで、見つけるさんが「みっちゃん」の愛称で親しまれていることを驚いたようだ。

「本当に知り合いがいっぱいだねぇ」と話す様子は嬉しそうでもあった。

「輝美さん、この子はすごいんだよ。最近神社にやってきた神主さんの親戚の子でさ、神様を気取ってんだ。でも、本当に神様みたいに失くし物を見つけてくれる」と宣伝してくれる店主もいた。

「そう、失くし物をねぇ……」

おばあさんは笑みを浮かべながら聞いていた。店主たちはおばあさんによくおまけをしていたが、見つけるさんにも食べ歩きができるものを持たせてくれた。

夕飯の買い物が終わるころには、見つけるさんはほどよく満腹になっていた。お昼を軽めにしていて、ちょうどよかった。

道路で帰りのバスを待っている間、おばあさんはしきりに見つけるさんへの感謝を口にした。

「本当にありがとねぇ……荷物も持ってもらって……それに、誰かと買い物なんて何年ぶりだったかなぁ。楽しかったよぉ」

対する見つけるさんも、満面の笑みで答える。

「はいっ！　私も楽しかったです！」

そして、以前から尋ねたかったことを口にした。

「また、遊びに行ってもいいですか？」

迷惑がられる可能性もあったが、おばあさんは笑みを絶やさない。

「もちろんいいよぉ。遠くて不便かもしれないけど……気が向くときに来てねぇ」

「はいっ！　あ、バスが来ましたね……」

名残惜しいが、別れの時間だった。

おばあさんはバスに乗り込み、窓から手を振ってくれる。見つけるさんも手を振り返す。それは、バスが見えなくなるまで続いた。

（……さて）

バスが見えなくなったあと、見つけるさんは笑顔を潜めて真剣な面持ちになった。振り返る。

白い毛並みの猫神様、ニィさんがそこにいた。


ニィさんは地面にお尻をつけて、ゆらゆらと尻尾を揺らしていた。見つけるさんが振り返るのを見て、ゆっくり歩み寄ってくる。不機嫌なオーラが全身から溢れ返っていた。

「もう近付くなって言わなかったっけ？」

「おばあさんの家には近付きませんでしたよ。お話しするなとは言われなかったので、外で色々とお話ししました」

「……。家に近付くな、あのおばあさんと話してほしくない、って全部言わないと意味がわからない？」

「そんなことないですよ。わかっててやってますから」

「……ま、そうだろうね」

ニィさんは呆れ顔だ。

見つけるさんは怯むことなく、真剣な眼差しを送り続ける。

傾き、夕焼け色に染まりつつある太陽が、二人の影を長く引き伸ばしている。

「……なんでずっと黙ってるわけ？」

「尋ねるばかりが質問ではないですから。……ニィさんならきっと、私にあのおばあさんとの関係を話してくれる。そう信じていますから」

「信頼を餌にするとはね。キミもだんだん、やらしくなってきたなぁ」

お互い、なかなか核心に切り込まない。

見つけるさんは、別の方向から攻めることにした。

「……私は、ニィさんは元々猫ではなく、別の何かから神様になった方だと思っていました。でもそれは間違いで、ニィさんは元々猫だったのではないですか？」

「…………」

「あのおばあさんは四十年前に猫を拾って、チャトラと名付けたそうですね。きっと、茶色い毛並みだったのでしょう。ニィさんの毛色は白ですが……昔は茶色だったのではないですか？」

話している途中から、見つけるさんは悲しそうな表情になっていった。

これから言うつもりの一言が、そうさせていた。

「もしもそれが正しいのでしたら……会いに行くべきではないのですか？　だってあの方……もう、近日中に亡くなられるのでしょう？」

商店街の方から、十七時を告げるチャイムが聞こえてくる。

それが鳴り終わるまでの間、ニィさんは微動だにしなかった。揺れていた尻尾も、ぴたりと止まってしまっていた。

「私でも気付くくらいです。ニィさんの感覚ならもっと、わかるはずでしょう？」

死の気配を嗅ぎ取っていたのは、神様故の感覚だった。

現在の見つけるさんが不得手とする部分だが、それでも嗅《か》ぎ取《と》れるということは、ニィさんからすればもっと色濃い死臭のはずだった。

「……そんなにね、簡単にいくことばかりじゃないんだよ」

ようやく聞こえてきたニィさんの呟きは、元気がなかった。

「キミの言う通り、四十年前にあのばあさんに拾われた。まだ普通の猫だったころに」

見つけるさんは黙って聞いている。ニィさんは淡々と語る。

「十年間はあのばあさんと普通に、一緒に暮らした。でもそのころ、商店街の人々と猫は仲が悪くてね。それを解消するため、ボクは神様になった。……猫たちが人間と共存できるように、神様の言いなりになって働いた」

商店街から猫の脅威《きょうい》は去り、猫たちは客を呼び込む存在となり、あからさまな悪人には威嚇《いかく》するようになった。全ては商店街の守り神となったニィさんの指示だった。

「代償として、あのばあさんは飼い猫であるボクを失った。キミとは違って、ボクは人間と気軽に関わるなと命じられていた。だから、会えなくなったんだ。……で、年老いた今、彼女はボクと別の猫をチャトラと呼びながら、毎日戯《たわむ》れている。たまに思い出話を語りながらね。……要するに、半ばボケているのさ。猫が数十年も生きているわけないのにね。参っちゃうよ。神々の身勝手さにも。ばあさんの滑稽さにも」

「……それらは、ニィさんがおばあさんに会いに行かない理由にはならないのでは？」

「ボクはそう思わないね。三十年経っても追い求めるくらい可愛がってくれたのに、ある日突然消えたんだ。今さら会って話せることなんてないよ。……別の猫をボクだと勘違いしているなら、それでいい。勘違いさせたまま死なせるのが幸せだよ」

それは違う、と見つけるさんは思った。

だが、ニィさんを心変わりさせる自信は湧いてこなかった。

「……あのおばあさんは、身寄りがないそうですね。ご近所にもあまり好かれていないようです。……誰かと一緒に買い物に行ったのも数年ぶりだと、喜びながら喋っていました」

ニィさんは再び沈黙する。気分が沈んでいるように見えた。

「あのおばあさんは商店街の大事な常連さんです。商店街の発展に尽力した方の奥様でもあります。私は商店街を見守るよう命じられた神様として、あの方に寄り添うべきである――そう考えます」

だから、と見つけるさんは言葉を繋ぐ。

「私は、あのおばあさんに寄り添います。最期まで。……いいですね？」

もう近付くな、というニィさんの言葉を撤回させるための口上だった。

皆まで言わなくても、ニィさんには伝わったらしい。

「勝手にしな」

ニィさんは、「もうあの家に近付くな」と言ったときと同様、背を向けて立ち去った。今まで見る背中よりも小さく見えた。まるで、迷子のようだった。

ニィさんの許しを得た見つけるさんは、翌日から毎日おばあさんの家に通うようになった。

朝になると歩いておばあさんの家に向かい、軒先でお茶を飲みながら見つけるさんが持ち込んだお菓子を食べて、野良猫が来るのを待った。

野良猫が来ると、おばあさんと共に猫たちを撫で回し、鈴を投げて遊んだ。

鈴以外のおもちゃを見つけるさんが持ち込んだこともあったが、猫たちは鈴を一番好んだ。他のおもちゃにも興味を示すが、最後には必ず鈴に戻った。

何度も通っているうちに、おばあさんは見つけるさんのためにお菓子や果物を用意するようになった。毎日暑いから、と冷たいそうめんや、冷やし中華をごちそうしてくれることもあった。みさき亭の杏仁豆腐を、二人仲良く分け合って食べたりもした。普通の子供が祖母と過ごす夏休みのようだった。

……それだけで一日が終わっていたら、どれだけ幸せだったろう。

おばあさんは、見つけるさんと猫が訪れている間に必ず激しく咳き込み、苦しそうに胸を摑んだ。少し休めば落ち着く——その言葉通りにはなっていたが、見つけるさんと野良猫たちは心配そうに寄り添った。

見つけるさんがおばあさんの家へ通い続けた一週間、毎日がそうだった。梅雨だというのに、まだ晴れの日が続いていた。

二週間目に突入した初日に、おばあさんは咳き込んだまま立ち上がれなくなった。

客間で横になり、浅い眠りから目覚めたあと、ようやく呼吸は落ち着いた。

顔色はいつもより青白かった。

「……ごめんねぇ、みっちゃん。せっかく遊びに来てくれたのにねぇ。あたしももう歳だねぇ」

見つけるさんは、笑顔で否定しようとした。だが、悔しさが先立って笑えなかった。神様と言えど、どうにもならないことはある。

——おそらく今夜が、このおばあさんの……。

無力感に苛《さいな》まれる。数日だけの交流だったが、それでも終わりに立ち会うのは辛い。何か、できることがあるとすれば——ひとつしか思い浮かばなかった。

「……おばあさん、ひとつだけ、聞かせてください」

最期だから、という思いを言外に滲ませて、見つけるさんはついに尋ねた。

「三十年前におばあさんの前から去ってしまった猫……チャトラがまだ生きているとおばあさんが信じているのは、何故なんですか？」

……話を聞き終えた見つけるさんは、駆け足で外に出た。

頭上の曇り空からは地響きのような、重苦しい雷の音が鳴り始めている。ついに一雨降りそうだった。

見つけるさんはおばあさんの家を出て、張り込みに使った公園に向かう。

走る見つけるさんの視界は涙で滲んでいた。

――なんて、悲しいすれ違いだろう。

――伝えなければ。本当にギリギリになってしまったけど、まだ間に合う。

そんな思いに衝き動かされて、見つけるさんは走っている。

公園に着くと、見つけるさんは周囲を見回した。

……いない。でも、必ずいるはずだ。

おばあさんの家の様子を覗くなら、ここ以外に良い場所はないのだから。

「ニィさん！　……いるんでしょう？　お願いします！　出てきてください！」

聞こえてくるのは上空からの雷鳴だけだ。

「ニィさんっっっ！」

泣き叫ぶような声音で叫んだ。

すると、ニィさんは静かに現れた。

「そんなに叫ばなくても聞こえてるよ。ばあさんは？」

「……眠っています」

知っているくせに、という思いが何よりも先に来た。本当は心配で心配で、今すぐにだって飛んでいきたいはずなのに。

「おそらく、今夜、旅立たれます」

「そう。でもまぁ、キミのおかげで最期に楽しい思いができたんじゃないかな。孫娘みたいに可愛がってくれただろう。……あのばあさん、優しいからね。一応お礼を言うよ。ありがと。ボクには、代わりにお礼を言う資格すらないかもしれないけどね」

ひねた言い方をされて、見つけるさんの頭に血がのぼる。

「ニィさん、おばあさんに会ってください。あなたは会うべきです。ニィさんにはその資格があります！」

「会うつもりなんてないよ」

「……だったら、せめて私の話を聞いてください」

「嫌だね。……死ぬ間際の恨み言を聞かされるなんて、ごめんだよ」

「どうしてそんなにおばあさんに会うのを怖がるんです？　……恨まれていると思っているからですか？　だからそんなに、頑なに会いたくないと言い張るんですか？」

「くどい。話を聞くつもりもないし、話すつもりもない」

「……恨まれていると思う根拠は以前お話しいただいたように、ニィさんが勝手におばあさんの前から消えたから、ですか？　それとも、それ以上の理由があるんですか？」

「キミには関係ないって言っているだろう」

話が一向に前へ進まない。見つけるさんが焦《じ》れ始めた。

「どうして？　……どうして、そうやって逃げるんですか？」

「逃げている？　ボクが？」

いよいよ、ニィさんの声にも怒りが混じってきた。監督者という立場からか、ニィさんは見つけるさんに対して常に、冷静に接してきた。そのニィさんの姿勢が、揺らぎ始めている。

「そうです。ニィさんは自分が傷付くのが怖いんです。だから逃げているんです！　そのくせおばあさんのことが心配だからこんなところにいて！　本当は会いに行きたくてしょうがないくせに！　……まるで子供じゃないですかっ！」

「うるさい！」

ニィさんの怒鳴り声を見つけるさんは初めて聞いた。感情をぶつけられ、困惑した。

「ボクがあのばあさんに会いに行きたいだって？　……身勝手な想像を！　そんなに言うなら、あのばあさんとの関係を完全に断ってやる！」

激情を吐き出した勢いそのままに、ニィさんは公園から飛び出す。

「どこへ行くんです！」

見つけるさんが追い掛ける。走る速度はニィさんの方が速い。

ニィさんが渋谷家の門を軽々と飛び越えるのが見えた。門は、見つけるさんが出てきたときのまま、鍵が掛かっていない。急いで敷地内に入る。玄関の前にニィさんがいた。ちりりん、と音が鳴る。例の鈴を、ニィさんが咥え持っていた。

――何をするつもりなのか。

尋ねる前に、ニィさんは鈴を鳴らしながら再び駆け出した。

見つけるさんも追い掛ける。

坂道を猛烈な速度で下っていくニィさんのあとを必死になって追い掛けた。

幾度か道を折れると、小さな川が流れていて、その上に橋が架かっているのが見えた。ニィさんは橋の欄干《らんかん》に登っていた。

「っ⁉」

何をするつもりなのか、瞬時に想像がついた。

「だめですニィさんっ！　やめてぇぇえっ！」

ニィさんは頭を振って、鈴を橋の下へ放り投げた。見つけるさんが欄干に手を掛け、身を乗り出して必死に手を伸ばす。

……届かなかった。

ぽちゃん、と水柱を立てて、鈴は川底へ消えた。

「なんてことをっ……！」

見つけるさんは全身の震えを止められない。

「これでもう、あのばあさんとボクは無関係だ！」

走り去るニィさんの叫びが無情に響く。

……ぽつ、ぽつぽつ、と音を立てて空から雨が降ってきた。

鈴を飲み込んだ川面《かわも》に波紋がいくつも折り重なる。

「…………」

見つけるさんの髪が雨に濡《ぬ》れる。前髪が張り付いて、表情は見えない。

「……私は、…………です」

何かを呟いている。

「……私は、…………です！」

前髪をかき上げ、表情が露になる。

ひとり残された見つけるさんは目を吊り上げ、燃えるような瞳で水面を睨《にら》んでいた。

＊＊＊

ニィさんは、日立門神社の境内に戻っていた。

降り始めた雨は数分と経たないうちに本降りとなっている。

雨除けのない日立門神社の境内には、人っ子ひとりいなかった。

猫たちの姿もない。自由気ままな猫たちが避けるほど、今のニィさんは機嫌が悪い。

そうさせているのは、見つけるさんから放たれた言葉だった。

――まるで子供じゃないですかっ！

その通りだと自分でも思う。だから怒って誤魔化すしかなかった。感情を抑えきれなかった。

自分が情けないのはわかっているが、それでもニィさんはあの老婆に会うのが怖い。

見つけるさんは、飼い主のもとから勝手に消えた以上の理由があるのか、とも尋ねてきた。

正解を明かすと、それ以上の理由はない。可愛がってもらった恩を仇《あだ》で返した以上の理由はない。ただ……見つけるさんに明かした内容だけでは、その罪の重さは伝わらなかっただろう。

何せ、あの話にはニィさんのカッコ悪い部分が全て省かれているのだから。

神様に命じられ、害獣となっていた猫たちをまとめ、ひとと猫を共存させた。

大まかな話は、確かにそうだ。だが、本当はもっと情けない話だった。

ニィさんが神様を始めたのは、猫のためでもひとのためでもなく、ただただ、状況に身を委《ゆだ》ねて流されただけだったのだから。


およそ四十年前、まだ子猫だったニィさんは初老に差し掛かっていた渋谷輝美に拾われた。

拾われたのは、今日のような冷たい雨が降る日だったと記憶している。

ダンボールの中から見える四角い空だけが世界の全てだった。その空には時折、人間の顔がいくつか現れては消えていった。

立ち去らなかったのは、渋谷輝美だけだった。

輝美はニィさんを家に連れて帰り、身体を拭いて、温かいミルクを飲ませ、ふかふかの毛布で包んでくれた。

拾った日だけのことではない。輝美は、捨て猫だったニィさんをチャトラと名付け、どんな日も優しさで包んでくれた。

――今のニィさんならわかる。

輝美の優しさは、深い悲しみを経験した者だけが獲得する慈愛だった。

チャトラを拾う少し前、輝美は最愛の夫、渋谷丹治を事故で失った。

商店街の組合長だった丹治は、大雨の日に見回りに出掛けて消息を絶った。

行方不明というのは、待つ者にとって死が確定するよりも辛い状況になり得る。

周囲には気丈に明るく振る舞っていた輝美は、チャトラと二人きりのときは悲しそうにしていた。チャトラを抱いたまま、よく語り掛けていた。

「チャトラ、お前は、あの人のように勝手に消えないでおくれ。……約束だよ」

いつも言われていた。

そのまま、チャトラは輝美のもとで十年近い歳月を過ごした。

家と外で行動する半野良の猫だった。商店街の野良猫と縄張りを争って何度もケンカした。

当時では、猫の十歳は長寿に入る。事故や怪我で死ぬことが多い半野良としては、なおさらだ。しかも、チャトラは商店街一帯に住む猫たちのボスでもあった。

普通の猫より長生きしていたのは、輝美と交わした約束を守っていたからかもしれない。

……だが、あの日、チャトラの運命は大きく変わってしまった。

そのころ、商店街は猫たちの扱いに困っていた。

食材を荒らし、ところかまわずケンカをする猫たちは買い物客から嫌悪されていた。

加えて、妙な噂も流れていた。

——猫たちを統《す》べる猫神様がいるらしい。

——そういえば一匹、茶色い毛並みのふてぶてしい猫がいる。

——渋谷さんところの飼い猫か。長生きだよな。化け猫か？

——実はあの猫こそ、噂の猫神様なんじゃないか？

根も葉もない噂だ。

しかし、猫の被害に困り果て、奉納品を山ほど積んで神頼みしてきた人々の願いを聞いた神々は、その噂に着目した。新しく信仰を集める存在を作るなら、既存のものを利用した方がいい。

ある日、商店街でいつものようにケンカに勝利した夜、チャトラは風を切って、輝美の待つ家への道を歩いていた。

突然、強い光がチャトラの前に現れた。

よく見ると、光の中には何かがいた。

人間の雌《めす》の形をした何かだが、ひとではなかった。

その証拠に、それが現れた瞬間に震えが止まらなかった。怖かった。

「チャトラ、私の言葉がわかりますね？」

養蚕の女神・金色姫命の言葉にチャトラは何度も頷いた。尻尾を丸め、身を守るように地面に平伏しながら話を聞いた。目の前の存在は、チャトラとは次元の違う存在だった。

「チャトラ、この地に住まう猫たちにとって、あなたはとても強く、自信に満ち溢れた存在です。……あなたは神となり、害獣となっている猫たちをまとめなさい。ひとと共存させなさい。さもなくば、人間たちはあなたの同胞をいつか皆殺しにするでしょう。無益に死なせることはありません。……我が願い、承服していただけますね？」

チャトラは、一も二もなく頷いた。もしも断れば、自分なぞ一瞬で消し去られるだろう。野生の本能が生命の危機を訴えかけていた。話を聞いている途中は気付かなかったが、地面が濡れている。いつの間にか小便を漏らしていた。猫とのケンカでは負け知らず、怖いもの知らずだったチャトラは、子猫のように震えていた。

輝美が愛《め》でてくれた自慢の茶色の毛は、恐怖で瞬く間に純白に染まってしまっていた。

「そんなに怖がることはありません。大丈夫。一人前になるまでは、古き神がきちんとあなたを導きます」

優しい声音に、悔しいが心が安らいだ。

だが、ひとつの約束が脳裏を掠める。

――自分が神となったら、輝美はどうなるのだろう。

「あの人間のことなら心配いりません。あの者にとって、この街は思い出の街です。心の支えです。仮にあなたがこのまま飼い猫として暮らしても、寿命はあと数年……長い目で見れば、あなたが神となって街を繁栄させた方が、あの者のためになります」

……その言葉にほだされ、ニィさんは神となった。

寂しくなり、隠れて輝美に会いに行こうと思うときもあったが、監督者から釘《くぎ》を刺された。

「神となったからには、人と深く関わってはならぬ。適切に距離を保て。……破れば、わかっているな？」

見つけるさんと違い、ニィさんは神通力を欠片程度しか持たなかった。神の力を恐れていたニィさんに言いつけを破るなぞ、できるはずがなかった。

輝美との再会を封じられたニィさんは必死に働いた。猫たちをまとめ、人間と共存できるように昼も夜もなく尽力した。輝美は悲しんでいるかもしれないが、「長い目で見れば」という金色姫命の言葉を信じた。……言いつけを破れば殺されるかもしれない、という恐れもあった。

数年が経ち、ようやく一人前の神として認められて街も落ち着いたころ、監督者は去り、ニィさんは一定の自由を手に入れた。空いた時間を使い、自らが治める商店街の成り立ちをそれとなく調べ始め、渋谷丹治のことを知った。

日立門商店街は他の商店街と同じく、戦後のヤミ市が発端となっている。物が不足している時代に、店を求めて集まった人々が結束して出来上がった。渋谷丹治は、その中心人物だ。

猫のころは丹治を「輝美を悲しませる奴」程度にしか思っていなかったが、立派な人物だったことを知った。絶望して街に移り住んできた人々を率先して受け入れようと唱えたのも丹治だった。実現できたのも、丹治の人柄に拠るところが大きい。困っている仲間がいれば、昼夜を問わず相談に乗る良き組合長だった。仲間以上に、妻の輝美を大切にする人物でもあった。

丹治について知れば知るほど、ニィさんは青ざめていった。

最愛の夫を亡くした輝美が、その悲しみを埋めるために拾ったのがチャトラだ。

夫に続き、飼い猫がいなくなり、輝美がどれだけ悲しんだか……想像に容易《たやす》かった。

ニィさんは、約束を破ってから約束の重さを思い知ったのだ。

その約束を、言葉巧みな神の誘いに身を委ねて反故《ほご》にしたのだ。

——今更かもしれないけど、会いに行ってみよう。

毛色は白に変わったが、あのばあさんなら、仕草で自分がチャトラだとわかってくれるかもしれない。そんな希望にすがり、申し訳ない気持ちを滲ませながら渋谷家に行った。すると、目を疑うような光景が待っていた。

自分に似た茶色の毛並みの猫を、チャトラと呼ぶ輝美の姿があった。

最初は、別の猫を拾って同じ名前をつけたのだろうか、と思った。だが、本物のチャトラとの思い出話を共有の出来事として語る姿から、その線は完全に消えた。

それからたまに、遠くから様子を窺《うかが》ってみた。

輝美の様子は、ずっと変わらなかった。

チャトラと似た猫をチャトラとして扱い、もう生きていないはずのチャトラに語り続けた。

何年も、何十年も。

最愛の飼い主が自分の存在に縛りつけられている光景を見るのは、ニィさんにとって罰以外の何物でもなかった。今更自分が姿を見せても改善するとは思えない。ボケてしまっているなら、むしろ悪化することも考えられる。

飼い主が狂ってしまったのは、他でもないニィさんのせいだ。

あの約束は、破ってはいけない約束だった。

それを破ったのだから、会う資格なんてない。

我が身可愛さに震えていた弱みにつけこまれ、神になったのは大きな間違いだった。神様になぞ、なるべきではなかった。ならなければ、輝美のあんな姿を見ることはなかったのに――。

……回想に沈んでいたニィさんは、いつの間にか眠ってしまっていた。

目を覚ますと、既に夜になっていた。

湿った臭いがするが、雨は止《や》んだらしい。雲の切れ間から月が見えていた。三日月だった。

……輝美は、もう息を引き取っただろうか。結局、神様になってからは一度も会わなかった。でもそれが一番いい、と郷愁を握り潰す。

「……ニィさん、いますか」

『それ』を良しとしない存在が、鳥居の向こうから歩いてくるのが見えた。

ぴちゃ、ぴちゃ、と水音がする。

荒く呼吸する音も聞こえる。月明かりに照らされる少女、見つけるさん。その全身は、ずぶ濡れの泥まみれだった。

「……何、してんの」

服屋の娘、舞浜冴子から貰ったと喜んでいたキャミソールやハイソックスが台無しだった。

神様とはいえ、受肉していれば人間と変わらない。寒いだろう。気持ちも悪いだろう。なのに、そんな姿になる必要がどこにあったのか。

ちりりん、と鈴が鳴った。川底に沈んだはずの鈴だった。

「……まさか」

見つけてきたというのか。あの流れる川の中から。冷たい雨を降らせる空の下で。

「……私は、見つけるさんです」

濡れた前髪の隙間から覗く、燃えるような瞳に射抜かれる。

「どんなものだってどんな状況でだって、落とし物と失くし物を見つけるのが、今の私に課せられたお役目です……」

　――だからと言って、ここまでするのか？

　ニィさんは恐怖に近い感情を抱いた。その感情はかつて、ただの猫だったころ、金色姫命に対して抱いた感情に似ていたかもしれない。

「そして、私は答えを提示します――本来はそういう役目を担う存在ですから」

　燃えるような瞳が激情に震える。怒りではないと直感した。――では、なんなのだ？

「ニィさん……あなたは、偉大な方です」

　でも！　と小さな神様は叫ぶ。

「あなたは自分がどれだけ慕われているかをまるでわかっていない！」

　いつの間にか、見つけるさんはニィさんの眼前に迫っていた。濡れている両手でニィさんの身体を摑み、抱き上げ、走り出した。

「おばあさんにいきなり会えとは言いません。でも、これだけ苦労したんです。違う方々とは会っていただきます」

　彼女が何を言っているのか、ニィさんにはわからない。だが、拘束を振りほどく気にもなれなかった。この場においては監督者である自分よりも、彼女の方がはるかに大人に思えたから。

見つけるさんが向かったのは、渋谷家の近くにある公園だった。

そこには、意外な面々がニィさんを待ち受けていた。

「……どうしたの、キミたち」

見覚えのある顔がずらりと並んでいた。ひとではなく、猫たちだった。

商店街に住む猫たちが、公園中に集合していた。

「……私には、猫さんたちの言葉はわかりません」

走り疲れたのだろう。ニィさんを地面に降ろした見つけるさんは崩れ落ちた。

「だから、今から、手持ちの検索条件を根拠に……一方的に推測を語ります……」

はぁ、はぁ、という吐息で言葉が断続的に切れる。もしかすると、体調を崩して発熱しているのかもしれない。

「あのおばあさんは……渋谷輝美さんは……チャトラと似た猫を選んで家に招いていたわけじゃないんです……逆なんですよ……」

「……逆？」

「そうです……おばあさんが招いたのではなく、チャトラと似た野良猫さんたちが、おばあさんの家に遊びに行っていたんです……ニィさんのために……」

……。

……意味がわからなかった。

しかし、眷属の猫たちを見るに、見つけるさんの言葉は間違っていない。

どの猫も恥じるように、ニィさんを恐れるように耳を伏せ、尻尾を丸めていた。

『……おい、そこの』

ニィさんが、茶色い毛並みの成猫に声を掛けた。

商店街で輝美の鈴を拾い、見つけるさんに届けた猫だ。

びくりと身体を震わせた猫は、しずしずとニィさんの前に歩み出た。

普段は目の前でだらしなく寝ていても問題ないが、有事の際のニィさんは他の神同様、恐れられる存在だった。

『どういうこと？』

『……おそれながら、申し上げます。かの神の言うように、私ども眷属で、取り決めておりました』

それは、商店街に住む猫たちが何代にもわたって続けてきた『お役目』だった。

茶の毛色でニィさんと似た毛並みを持つ猫は、渋谷輝美の家へ通うべし。

我らを治め、ヒトと共存させた恩義ある神の恩人が悲しまぬよう、通うべし。寄り添うべし。

寝耳に水だ。ニィさんは憤慨《ふんがい》した。

『何故そんな勝手な真似をした？』

『ひとえに、あなた様への敬意を表すためでございます』

『お許しください、お許しください……』

『ただ、あのまま別離を続けるのはあまりに無残だと、親はもちろん、祖母や曾祖母の時代から、我らの寝物語として語り継がれておりました故……』

全ての猫が平伏し、口々に鳴いていた。

ニィさんはその光景を目の当たりにして、困惑していた。

――これでは、自分が悪者みたいではないか。

『猫神様、猫神様……どうか、お願いです。あの哀《あわ》れな人間の雌に、どうか一握りの慈悲を授けていただけませんか』

そうすがってきたのは、まだ成猫にも至らない子猫だった。茶色い毛並みを持つ猫だ。次の『チャトラ』だったのかもしれない。

『あの人間の雌は、ずっと、永きにわたって猫神様をお待ちしております。その願いをどうか叶えてやってくださいまし……私たちの嘘ではなく、どうか、猫神様ご自身で願いを……』

ギロリ！　と睨み付けると、子猫は跳び上がった。それでも、額を地面に擦り付けて続けた。

『申し訳ございません、申し訳ございません！　ですが、何卒《なにとぞ》、何卒一握りの慈愛を……猫神様にとって猫だったころの記憶なぞ、ただ捨て去りたいものに過ぎないのかもしれませんが……何卒……』

違う。そうではない。むしろ、戻れるなら普通の猫に戻ってしまいたかった。

約束を破る前の、あのころに。

無論、叶わぬ夢だ。現実は甘くない。

――ああ、そうだ。

舞浜冴子と関わったとき、見つけるさんにも話したではないか。

「……彼女はキミを憎んでいるかもしれない。二度と会いに来ないかもしれない。会っても、二度と目を合わせてくれないかもしれない。だけど、受け入れるしかないね。……ひとも神様も、そうやって嫌なことを糧にしながら生きていくんだから」

突然の呟きに、見つけるさんから「え？」と声が上がった。

少なくとも、この後輩はそれを乗り越えて、今日まで来た。

ニィさんがやれなかったことを、この娘は既にやったのだ。

ニィさんを恐れながら、輝美との再会を嘆願した茶色い毛並みを持つ子猫もそうだ。

この場で逃げているのは、ニィさんだけだ。

『……いいよ。わかった。お前たちがそこまで言うなら、言う通りにしよう』

小さく鳴いた後、今度は見つけるさんに言う。

「行ってくるよ」

振り返ることはなかったが、大勢に見守られているのは肌で感じ取った。

――今から逃げるのはもう、難しそうだ。


渋谷の家にニィさんが踏み込んだのは、三十年ぶりだった。

……いや、正確には鈴を盗み取ったときに踏み込んだか。

しかし、あのときは余裕がなかった。

玄関から見える光景は強く、過去への想いを揺り動かしてくる。懐かしい匂いがした。家具の配置や、そこに存在する空気――全てが過去のままだった。この空間だけ時が止まっているようだった。神様になったことが全て夢で、ニィさんはただの猫として、あのケンカに勝ったあとの散歩から戻ってきたのではないか――そんな錯覚すら覚えた。

部屋の奥から聞こえる輝美の呼吸音が、その悲しい錯覚を打ち砕いた。

喘《あえ》ぐような、糸のように細い呼吸。そちらの方へ、ニィさんは一歩一歩進んでいく。

情けないことに、足が震えていた。罵倒《ばとう》されるかもしれない。泣かれるかもしれない。それが怖くて三十年、逃げ続けた。ここから先は覚悟が必要だ。何を言われても受け入れる——そんな覚悟が。

床につく輝美を見たとき、ニィさんは別の覚悟をしておくべきだったと思い知らされた。

苦しそうに喘ぐ姿を見るのは、辛かった。

「……だれだい……？」

気弱な声が聞こえた。

「あんた……？　丹治かい……？」

二人きりでいるときによく聞いた声音だ。「勝手にいなくならないでくれ」と懇願されたときの、あの口調だった。

「……いいや、違う。ごめんね」

猫の姿で、人間の言葉を喋るときが来るとは思わなかった。

「……？　だれだい……？」

答える代わりに、ニィさんは輝美のそばへ歩み寄った。目の不自由な彼女でも見えるように、すぐそばで、鼻息が掛かるほどに顔を寄せた。

輝美の目がゆっくり、驚きを示すように開いていく。

「……わかるかい？　ボクだよ」

輝美は、ゆっくり頷いた。

「言っておくけど、幻覚じゃないからね。お迎えでもない。……お迎えはもうすぐ来る。でも、もう少しだけ時間がある。それまでに、女々しく言い訳をするためにやってきたよ」

罵倒されるのが怖かった。だから、何かを言われる前に、色んなことを言ってしまおうと思っていた。

「少しの間、黙って聞いてほしい。どうしてボクが喋れるのか。どうしてボクがいなくなったのか。いなくなった間、何をしていたのか――」

ニィさんは、大きく深呼吸をした。勇気と覚悟が全身に行き渡るように。

「むかしむかし――一匹の猫がいた」

ニィさんが選んだのは、親猫が子猫へおとぎ話を聞かせるときの口調だった。

輝美に拾われたこと。幸せだったこと。約束のこと。ケンカばかりしていたこと。猫たちのボスになったこと。人間たちが困っていたこと。神様に目をつけられたこと。神様になったこと。神様になって猫たちを導いたこと。神様になって、それとなく組合の人間たちに商店街の行く末について方向を提示していったこと──。

それらを、ひとつひとつ語っていった。

金色姫命の前で小便を漏らしたことや、一時的にとはいえ、我が身可愛さに輝美との約束を軽んじたことは言わなかった。言えなかった。

「──そして、ボクは帰ってきた。キミの死を、看取《みと》るために」

最後まで語り尽くしたあと、訪れたのは達成感ではなく、罪悪感だった。

一番肝心なことを言えていない。

「……本当は、謝るために来たんだよ」

不思議だった。あんなに逃げ続けていたのに、今なら、正直になれる。

「約束を破った。……ごめん」

そこまで聞き終えた輝美は、わなわなと唇を震わせていた。

「……そんな、まさか、ねぇ……」と呟いて、こう告げてきた。

「本当に、神様になっていたなんて……」

………。

……？

ニィさんは、困惑した。

──どういうことだ？

──ボクが神様になったって、知ってたのか？

──いや、そんなはずはない。そんな口調ではなかった。

「チャトラ、あたしはねぇ……ずっと前から、あんたが神様になったんじゃないかって想像してたんだよ……」

輝美は、薄く笑みを浮かべながら教えてくれた。

あんたがいなくなってねぇ、そりゃあ、悲しんだよ。

でもねぇ、あれは……あんたがいなくなってから一年くらい経ったころかねぇ……。

あんたによく似た茶色の猫が、庭にぽんってやってきたのさ……。

ニャアニャア人懐っこく鳴いて、あたしんところにやってくるのさ。

鳴き声は違うけど、鳴き方はあんたにそっくりだった。

よぉく触れれば毛並みも手触りも違う。でも、あんたにそっくりなんだ。
鈴が好きなのも、撫でられると喜ぶ場所もまったく同じ。
あたしへの甘え方も、あんたの生き写しだった。
それも、一匹じゃないのさ。
同じ時期に違う猫が数匹、あんたと同じ仕草で甘えてくるんだよ。
しかもねぇ、何年か経つと、また新しい別の茶色の猫がやってくるんだよ。
何年も何年も……それこそ、何十年も。
しかもね、あんたが気に入っていた鈴なんだけどね……。
耳が遠くなったあたしは、あれを何度か落としちまってるのさ。
でもね、そのたびに、茶色の猫たちが拾ってきて、あたしに届けてくれるんだ。
……最初はね、戸惑ったよ。でもね、あたしはね、いつしか思うようになったんだ。
あんたがいなくなる前、あんたが言ったように、商店街では変な噂が立っていた。
長生きチャトラは化け猫で、猫神なんじゃないか、って。
だから、あたしも信じてみることにしたのさ。
チャトラは、本当に猫神になった。
神様になったから、あたしのところにはいられなくなったんじゃないか。

でもそれは、あたしとの約束を破ることになる。

だから、あんたは別の猫の身体を借りて、ウチに遊びに来てくれてるんじゃないか。

自分とよく似た茶色い猫に憑《つ》いて、あたしに会いに来てくれてるんじゃないか……。

あたしが、寂しくないように……って。

そんなおとぎ話みたいなことを思いながら、ずっと、ずぅっと……三十年、生きてきたよぉ。


「……だから他の猫を、チャトラと呼んでいたの？」

「そうだよぉ……この三十年、あんたの気配を感じない日はなかった……あんたがそばにいてくれてるって思ってたから、寂しくなかったよぉ……」

……確かに、ニィさんは影ながら輝美の様子を見に行っていた。

だが、そばにいたのは別の猫だ。別の猫を可愛がって幸せそうにしている輝美の姿を、ニィさんは誤解した。

彼女は寂しさに狂っていたのではなく、純粋に信じていただけだった。

チャトラは約束を守ってくれている。だから、あんなに幸せそうだった——。

「……なんだ。そうだったの……」

──勘違いしていた。もっと早く、気付くべきだった。

──自分を支えてくれていた、猫たちの優しさに。

「ずっと商店街を守ってくれていたんだねぇ……丹治みたいに……そうだね？」

ニィさんは、話す代わりに頷いた。

今は、何も言えそうになかった。

「嬉しいねぇ……。あたしはねぇ、あの商店街が大好きだよぉ……丹治が仲間と命懸けで作って、守って、育てたあの商店街……思い出がたくさんあるよ……目を悪くしてもね、みんな親切にしてくれるんだ。知ってるかい？　肉屋の主人なんてね、あたしが買い物したらいつもおまけしてくれるんだ。気を遣わなくていいよ、って言ったらね、俺ぁ知らねぇ、なんもしてねぇ、輝美さん、また目ぇ悪くなったんじゃねぇか？　って軽口で誤魔化すんだ。ほんと優しいねぇ……。この前、丹治の命日だったろう？　あのときもね、みんなで仏壇に手を合わせにきてくれてね、山ほどお土産もくれたさ……」

苦しそうだった輝美の呼吸は、いつの間にか穏やかになっていた。

……ニィさんにはわかる。

もうすぐ、お別れだ。

「チャトラ……あの商店街、これからも守るって約束してくれるかい？」

ほんの少しだけ、ニィさんの返事は遅れた。

「……。守るよ。今度こそ、約束を破らない」

「なに言ってんだい。破られたことなんて一度もないよ。……そうだろう？」

輝美の微笑みを、ニィさんは直視できなかった。顔を下向けて、身を縮めて、子猫のように頼りなく震える声で小さく、かぼそく鳴いた。

輝美の手が、両耳の間を撫でてくれる。

「あぁ、そうそう……この手触りだよ……懐かしい……本当に……あたたかい……」

それが、最期の言葉だった。三日月が輝く、六月の夜のことだ。

＊＊＊

夜。渋谷家の近くに住む人々は、猫たちが大声で鳴くのを聞いた。

ケンカしているか発情しているかのどちらかだろう、とみんな思った。

その後、鳴き声は止んだが、しばらくするとまた猫の大声が聞こえた。

どうせ、そのうち静かになる。

そう思ったが、いつまで経っても猫は鳴き止まない。

しかも、先ほどと違い、大勢の猫が鳴いているのではなかった。

一匹の猫が鳴いているようだった。

小一時間、鳴き声は続いた。窓を開き、声の出所を確かめる。

耳を澄ますと、渋谷家の方から聞こえてくる。

かねてより、野良猫と戯れることで不評を買っていた家だ。

此度《こたび》の騒音でついに、隣人の堪忍袋の緒が切れた。

一番近くの住人の主婦が、夫を連れて怒り顔で渋谷家に向かった。

門は開いていた。玄関も少し開いている。妙な状態だった。

しかも、二人が訪れると鳴き声は止んでいた。

うろたえていると、玄関の奥から白い猫が現れた。

いつも見る茶色の猫とはまったく違う猫の登場に、隣人は困惑した。

白猫は、にゃあ、と鳴いて、前足で玄関を器用に開いた。そして、家の中へ消えていく。

……何か、予感めいたものがあった。足音を潜めながら、彼らは家に上がった。

白猫が、襖の前に立っている。追い掛けてきたのを確認してから、白猫は進む。

白猫の後を追うと、そこは客間だった。

布団が敷いてあって、老婆が横たわっていた。

……渋谷さん？

声を掛けても反応はない。

そうっと近付く。三日月の明かりに照らされる顔。……呼吸をしている気配が、なかった。


警察と救急車を呼んだが、既に手遅れだった。

簡単な事情聴取を受けて、すぐに解放された。

近所の人々が心配してくれたが、二人に大きなショックはない。

二人は、ひとつのことを考え続けていた。

――いったい、どんな最期を迎えると、あんな穏やかな顔で逝けるのだろう。

＊＊＊

警察と救急隊が渋谷家に出入りする様子を、ニィさんは見つけるさんと共に遠くから眺めていた。商店街の猫たちは先に解散させた。夜は悪人が動き回る時間だ。夜の見回りも眷属たちの仕事だ。

「……大丈夫ですか？」

ニィさんを抱っこする見つけるさんが、心配そうに尋ねた。

「大丈夫だよ。ありがとう」

まだ、輝美に撫でられた場所があたたかい。穏やかな気持ちだった。

「……ちょっとちょっと、なんでキミが泣くの」

「だって……おばあさんが……ニィさんが……」

涙声の見つけるさんが鼻をぐずぐずと鳴らす。

「こればかりはどうしようもないよ。ひとと神では生きる時間が違うからね。見送ることもあるさ」

ずびっ、と見つけるさんが鼻水を引っ込める。

「ばあさんがボケてないって、いつから気付いたの？」

「……話しているうちに、自然と検索条件が増えて、答えを絞り込めたんです。色々変な点が多かったんですよ。たくさんの『チャトラ』と遊んでいるのに、鈴のことは『昔飼っていた』猫が好きなおもちゃだって言ったり、『猫たち』が鈴の紐をかじるからすぐに傷む、って言ったり。決定打は、ご本人に直接尋ねて聞いたことでしたけど」

「そう」

「……私は、今回も余計なことをしましたか？」

とても頼りない口調での質問だった。ぎゅっ、と抱き締めてくる仕草からも不安が伝わってきた。

自分からぐいぐい首を突っ込んだくせに、とニィさんは苦笑する。

……よほど、輝美の死が堪えたのだろう。

「監督者としては叱るべきなのかもしれないね。でも、感謝しているよ。……キミにも、眷属の猫たちにも。何かひとつでも欠けていれば、この奇跡のような最期はなかった。共に答えを探してくれて、本当にありがとう。ボクなんかのために悪かったね」

「……そんなこと言わないでください。ニィさんの献身があればこそです。ニィさんが真面目に神様をやったから、みんながそれに応えたんです。私だって……そうなんですから」

「ふぅん、そう。……うっとうしい監督者だと思っていたくせに」

「……いま、そんなこと言うの、意地悪です」

ふふ、とニィさんは笑った。

「……ねぇ、見つけるさん。あの鈴、まだ持ってるよね。お願いがあるんだ」

見つけるさんに抱かれたまま、ニィさんは見つけるさんに二言三言、何かを告げた。


翌日、見つけるさんは朝イチで商店街のペットショップに向かった。

赤色の首輪を購入して、ニィさんに着ける。

鏡の前に立ったニィさんが小さく身じろぎすると、ちりりん、と涼やかな音が店内に鳴り響いた。

二度と失くさないように、首輪と鈴は固く固く、紐で結ばれている。

エピローグ　商店街の見つけるさん

深夜。川の水でずぶ濡れになり、風邪《かぜ》気味になってしまった見つけるさんは境内に建つ木造住宅の中で深く寝入っている。起きたあとも具合が悪ければ、受肉を解除して休ませた方がいいかもしれない。

ニィさんは、見つけるさんが起きそうにないことを確認してから、置いてあったスタンプ帳に丁寧に、判を押した。綺麗な肉球マークを月光の下で視認したあと、ニィさんは静かに境内へ足を運ぶ。

歩くたび、ちりりん、と涼やかな鈴の音が鳴る。その音を聞くたび、ニィさんは心が落ち着くのを感じた。鳥居の付近で空を見上げ、約束の時間が訪れるのを待つ。

……五分後、鳥居の前に明るい光を伴って、男神ワクムスビがやってきた。

「健在か、日立門の猫神よ」

「見ての通りにございます」

ニィさんは形式ばった物言いをしたあと、一礼した。神に階級はないが、ワクムスビの方がはるかに先輩だ。主祭神・金色姫命の眷属神として、礼儀を欠くわけにはいかない。

「元気そうで何より。……さっそくだが、本題だ。どうだ、あの新入りは。以前の見立てでは、大きな災禍《さいか》になり得るとのことだったが、良き神になる見込みはあるか？」

ワクムスビの言葉が、ニィさんの記憶を掘り起こす。

見つけるさんと出会った、約二ヶ月前のことを。

出会いは唐突だった。主祭神・金色姫命から「五穀と養蚕の神・ワクムスビが新米を連れてそちらへ行きます。厚く歓迎するように」と連絡を受け、来るのを待った。

ワクムスビが連れてきたのは、少女然とした可愛らしい神様だった。

ニィさんは、ワクムスビから「迷い猫を探す、という点がお前と類似している。よって、お前にこの者の監督を命ずる」と言われて、面食らった。

わずか三十年の若い神、それも、元はただの猫。そんな自分が、何故監督を命じられたのか。しかも、その新入りは見るからに強い神通力を有している。自分が面倒を見るような相手には思えない。ワクムスビはニィさんに手招きし、小声で言ってきた。

「実を言うとな、この者、相当な変わり種だ。我らもどう扱うべきか測りかねている」

そもそも、最初はワクムスビの眷属になる予定ではなかったらしい。

「本当は、青面金剛《しょうめんこんごう》が受け持つ予定だったのだ。あやつが祀られている神社で、失せ物や家出人を探す祈禱《きとう》をしておるだろう？　この新米の役目も、そこに関連する。だが、青面金剛は、それを専門としているわけではない。しかも、あやつにはこの前の飲み比べで負けた借りがあってな……我に押し付けてきおった」

話には聞いているが、神様の世界も色々である。

「ああ、そんな嫌そうな顔をするな。きっかけは押し付けられたことに拠るが、お前の存在があるから引き受けたのだ。我は、お前との橋渡し役に過ぎん。こやつが良き神になり得るか、見極めてほしいのだ」

――なんで自分が。話を聞いてその思いはいっそう強まったが、命令に背くわけにはいかない。やれやれ、と白けながら、ニィさんは新入りに尋ねた。

「キミはどういう神様なのさ」

彼女は、答えた。

「一緒に答えを探して見つけるさんです」

「……ごめん、よくわからない。どういう経緯で神様になったの？　なんの神？」

「付喪神です」

「付喪神？　……この時代に？」

付喪神と言えば、数十年ないしは百年近く、人間に大事にされた道具に神通力が宿り、道具が神となることで発生する存在だ。

消費社会となった今、生まれることは皆無に等しいと言われている。

「なんの付喪神なの？」

「インターネットの検索プログラムを走らせていた古いサーバーマシンです」

——問いの答えに成り得る可能性を持つ情報を、たくさん提示する道具。

——入力された条件から結果を絞り込み、答えを求める人間の手助けをする道具。

日本だけでなく、世界中の人々が使っている道具です、と彼女……見つけるさんは説明した。異常な速度で付喪神となったのもそのせいだろう、と。

「神通力が宿ったマシンは、この国のどこかにあります。どこにあるかは、乙女の秘密ということで」

「……鯖《さば》ね。まあ、よくわからないけど、続けて」

彼女は、自分の望みをニィさんに語った。

「私は、多くの人々に答えの候補を提示してきました。でも、多くの人々はどれが

『本当の答え』なのか選べず、わからずにいます。ずっと、自分の仕事の至らなさを不甲斐なく思ってきました。ですから、神様となったからには、その答えを提示できる存在になりたいんです。全てのひとの全ての問いに対して、唯一無二の答えを示す存在に。そうすれば、もっと人々を幸せにできるはずなんです。そういう存在になるための答えを、私は探していきたいです」

——ああ、なるほど。これは危うい。大きな災厄になり得る。

そのときのニィさんは、そう思った。ワクムスビも同じことを思っただろう。

わかりやすいところで、ひとつ試してみることにした。

「ひとつ訊いていい？」

「はいっ！」

「たとえばだけど、もしも悪しき人間がキミを騙し、力を借りに来たらどうする？」

「はいっ、そのときは……そのときは……えぇと……どうしたらいいんでしょう？」

「なるほどね。だいたいわかった」

ニィさんは「修行のため」と、見つけるさんの神通力の大部分を封印した。さらに、探せる答えに制限を持たない彼女に、基本的には物品探しのみをするよう命じた。

「神様だってサービス業なんだよね。キャッチーにしなきゃ。ひとの信仰を集めるにはわかりやすさが大事だよ。一人前の神様として認められたら、力を戻すから」

それらしいことを並べ立てたが、言うまでもなく、彼女の力が悪用されないようにするための枷《かせ》だった。彼女自身が暴走したとき、災厄とならないようにするための枷でもあった。見つけるさんはぶんむくれていたが、「しきたりならば」と渋々納得した。スタンプを百個集めれば、彼女は元の強力な神に戻る。多くの人に、瞬時に答えを提示できる状態に――。


回想を終えたニィさんは、改めてワクムスビの瞳を見る。返答した。

「結論から申します。見込みあり、です」

根拠として、ニィさんは、見つけるさんと出会ってからの出来事を述べ続けた。

ラーメン屋・みさき亭では親子のすれ違いを解決してみせた。途中、無断で父親の部屋へ入ったときはどうしてやろうかと思ったが、結果的にはうまくいった。そのせいで調子に乗ったのは、ニィさんの失敗だった。そこは素直に認めた。

両親の不仲を心配した、神藤ひろきの願いを聞き届けたことも話した。両親の別離を防ぐため、ニィさんが入れ知恵をして見つけるさんに行動させた。監督者の提案を素直に聞き入れ、ひとつ勉強したのは、評価すべき態度だった。

なのに、舞浜冴子との交流では大きくやらかした。見つけなくていいものを見つけ、さらにはそれを当事者に伝え、激しく心を揺さぶった。……あのとき学んだことの中に、彼女が到達すべき『答え』が含まれているはずだが、彼女はまだ気付けていない。

それでも、間違えたはずの見つけるさんのところに舞浜冴子は戻ってきた。

彼女だけでなく、他の店主や商店街を訪れる人々も、彼女を広く受け入れ始めた。

何も持たずに神様となったニィさんが羨むほどの『才』だ。

「方向性さえ間違えなければ、彼女の才は多くのひとを救うでしょう」

その例が、死神のカメラを取り戻した上尾正蔵と、他ならぬニィさん自身だった。

「今は、未熟さばかりが目につきます。あの新米は、神を名乗るにしては優し過ぎます。救うことばかり考え、寄り添い過ぎるのです。時にそれが行き過ぎて、暴走することがあります。……ですが、それ故に救われた者がいます。私自身がそうです。他ならぬ私が、あの新米に救われました。アレは、良き神の一柱になり得ます」

考え得る限り、最大限の賛辞だ。絶対に、本人には聞かせたくない。

「あい、わかった。では、引き続きあの新米を監督せよ。至らぬところは、お前がよくよく見守るように。……さて、実はもうひとつ話があるのだ。日立門の猫神、お前、神通力が弱まっているだろう。理由はわかるか？」

——痛い腹を、容赦なく探られた。

隠すわけにもいかず、ニィさんは「はい」と素直に肯定した。

「ここ数年、力が徐々に弱まっていると自分でも感じておりました。以前は、商店街の中で起こる出来事を広く把握し、ひとの願いも、声も、この身に届いていると自負していたのですが、最近は目も耳も衰えました。……恥ずかしながら、ただの猫だったころの恩人が日に日に弱っていくのを見て、私自身の心も揺らいだようです」

恩人との約束を破ったことに絶望し、神になったことを呪い、自分の弱さを呪った。

神の力は人々の信仰心に大きく左右されるが、自身が自身を信じる心もまた、『信仰心』に含まれる。自分を信じない者に、大きな力が宿るはずもなかった。商店街の活気に陰りが見え始めているのは、けっして時代の流れだけが要因ではない。

「では、これからのお前はどうだ。再び強く心を持てるのか？」

「……難しいでしょうね」

恩人との約束は、眷属の猫のおかげで果たされていた。見つけるさんのおかげで、最期も安らかに送り出せた。だが、渋谷輝美の最期を看取った今……ニィさんの心を満たしているのは、満足感と寂寥感《せきりょうかん》だ。商店街を守ってほしいという願いを託されたものの、これから先、どれだけ守っても、未来の商店街に渋谷輝美はもういない。

……もう二度と、帰ってこないのだ。執着心を失ったのは大きな痛手だ。

「よくてあと十数年……悪ければ数年……それが、私の神としての寿命でしょう」

「我の見立てでも同様だ。聡《さと》いな。さすがだ」

「……先のことは不確定です。しかし、手は打つべきです。この地で生きる人の子、猫の子らのためにも、後任の選別を急ぐことを平にお願いしたく存じます」

「聞き届けた。追って、金色姫命から連絡があるだろう。それまではお前がこの地を守るのだ」

ワクムスビは、言うだけ言って去ろうとした。

ニィさんが「お待ちください」と申し出る。

「おそれながら、お尋ねいたします」

ずっと気になっていたことを。

「あの新米をここへ寄越したのは、私のためですか？　後を任せるためですか？」

彼女は、いつかなるだろう。

この商店街を良き方向へ導く神に。その片鱗《へんりん》は既に見せている。

「こうなると、最初から全て見通していたのですか。私の弱さも、あの新米の脆《もろ》さも、強さも。……最初から全て、私が神となったあの日から、長い目で見ればこうなると全て見通していたのですか？」

ワクムスビの口元が微笑に変わる。何も語らぬまま、光と共に溶けて消えた。

……彼女を育て、見守り、『答え』を見つけさせることで、渋谷輝美と交わした最期の約束は果たされるのだろうか。

雨の匂いが残る風を受けながら、ニィさんは境内に佇《たたず》んでいる。

その姿を、物陰から眷属の猫たちが心配そうに見つめていた。

＊＊＊

夜が明けても、見つけるさんは布団から出られなかった。

顔が赤く、ぜぇぜぇと苦しそうに呼吸をして、頻繁に強く咳き込んだ。

どこからどう見ても、風邪っぴきだった。

ニィさんは受肉を解除して休むことを薦めたが、見つけるさんは頑なに断わった。

「風邪を引くのは初めてですから。何事も経験です。いつか何かの役に立つかもしれないので、治るまでこのままでいます」

「……見上げた根性だけど、けっこうタチが悪そうな風邪だよ？」

「大丈夫です。すぐに治してみせますよ」

合間にゲホゲホ言いながら、見つけるさんは鼻水を垂らして強がった。

何度言っても主張を変えなかったので、やがてニィさんも諦め、看病に徹することになった。

神主の姿で店を回り、どっさりと色々なものを買い込んできてくれた。薬はドラッグストアで市販のものを購入した。保険証がないので、病院には行けなかったのだ。

「氷枕にスポーツドリンク、りんごに、レトルト食品いっぱい。のど飴もあるから」

「すみません、ありがとうございます」

「お礼を言うより、霊体に戻ってほしいんだけどねぇ……。鼻水と咳の音聞いていると、ボクのせいで風邪引いたんですよー、って責められてる気がして、気が滅入《めい》る」

ブチブチ言いながら、ニィさんはお湯を沸かしてお茶を淹れてくれた。口は悪いままだが、いつもより優しかった。負い目を感じているのは、確かなようだ。


それから、あっという間に一週間が過ぎた。

目覚めた見つけるさんは、窓からの明るい光を受けて、眩しそうに目を細めた。

「……あ、あー、あー……」

喉に手をあてながら、声の調子を確かめる。ひどくしわがれていた声は、元に戻っていた。声を出しても、喉が痛くなかった。

「復活！　……です」

誰もいない部屋で布団を蹴飛《けと》ばし、起き上がってからはラジオ体操の動きをいくつかやってみる。少し身体が硬くなっている以外は、何も問題がなさそうだった。

ニィさんが枕元に用意してくれていた着替えに袖を通すと、盛大にお腹が鳴った。

……そういえば、ちょうど食品類が切れていたかもしれない。

ニィさんの姿が見えないのは、買い物に行っているからなのだろうか。

そんなことを考えていると、誰かが玄関を叩く音が聞こえた。

「あ、はーい！　どなたですかー？」

「こんにちは、見つけるさん」

「舞浜さん！」

買い物袋を提げた冴子は、しとやかな笑みを浮かべて見つけるさんを見つめてきた。

今日は日曜日で、学校が休みだった。

「神主さんから、風邪がそろそろ治りそうだと言われてお邪魔しました。入っても大

「丈夫ですか?」

「もちろんです! どうぞ!」

見つけるさんは冴子を伴って、居間へ戻った。お茶を淹れようとしたが、「だめですよ」とやんわりたしなめられた。

「病み上がりなんですから。袋の中に飲み物とお弁当が入ってます。食べてください」

「ありがとうございます！」

「お礼なら、神主さんへお伝えください。私は届けるように言われただけですから」

「あ、そうなんですね、ニィさんが……」

言った瞬間、見つけるさんは慌てて口をつぐんだ。

「……ふふ、やっぱりそうだったんですね」

「ご、ごめんなさい……今言ったことは、くれぐれもご内密に……」

「承知しております。さぁ、冷めないうちにどうぞ」

ニィさんが買ってくれたお弁当に、見つけるさんはゆっくり箸《はし》を付けた。一口、二口と頬張るごとに速度が増していき、すぐに夢中になった。

「……ごちそうさまでした」

「はい。素敵な食べっぷりでした」

「お、お恥ずかしい限りです……」

「そんなことないですよ。風邪が治ると、お腹が空きますよね」

食事を終えると、見つけるさんは冴子と他愛のない話をした。見つけるさんが、貰った服を汚してしまったと謝ると、冴子は「また作りますから」と微笑んでくれた。

のんびり話し続けていると、またもや来客があった。

「おっ、みっちゃーんっ！　復活した？　神主さんに言われて来たよ！」

ラーメン屋の看板娘、陽子の登場だった。

「陽子さん、こんにちは」

「こんにちは！　冴子ちゃんも一緒だったんだ」

「あれ……お二人はお知り合いだったんですか？」

見つけるさんの質問に、陽子が明るい口調で答える。

「組合の集まりでもよく会うし、学校絡みでもね。私、日立門中学の卒業生だから」

「学校が商店街で何か催しをやるとき、卒業生の方に相談することが多いんです」

なるほど、と見つけるさんは納得した。

「とまぁ、そんな話は置いといて——杏仁豆腐持ってきたから、一緒に食べよう！」

甘いものを食べ始めた見つけるさんは上機嫌だった。冴子も笑顔で杏仁豆腐を口に運ぶ。そんな二人に、陽子が声を掛ける。

「神主さんがね、食べ終わったら、商店街にみっちゃんを連れていってあげてって言ってたんだ。今日で商店街のスタンプカードが終わりでしょう？　もうちょっとで溜まるはずだから、買い物に付き合ってくれないかって頼まれたの」

「そうだったんですね。そうか、スタンプカードが今日まで……あ！」

見つけるさんが、何かを思い出す。

「す、すみません、ちょっと失礼します！」

見つけるさんは、駆け足で居間を後にする。走って向かったのは寝室だ。『百個集めれば一人前』の大切なスタンプ帳が、置きっぱなしになっているはずだった。

スタンプ帳は無事、机の上で見つかった。わかりやすい場所に置いてくれたのは、ニィさんかもしれない。ふと気になって、スタンプ帳の中身を確かめた。

ニィさんの肉球マークが二つ、増えていた。きっと、ニィさんと輝美の分だった。

……そっと目元を拭ってから、居間に戻る。

見つけるさんは、陽子と冴子に連れられて商店街にやってきた。

あちこちで『本日最終日！　スタンプカード二倍！』の文字が躍っていた。それもあってか、普段の日曜日よりも人通りが多い。

見つけるさんは陽子に手を引かれながら、肉屋に立ち寄った。

普段から声の大きい肉屋の店主は、いつにも増して声を張り上げている。見つけるさんに気付くと、「おぉっ！」と喜んでくれた。

「みっちゃん！　復活したか！　神主さんから聞いて心配したよ」

元気な大声につられて、自然と笑顔になった。

店主は見つけるさんに夕ご飯におすすめの商品を選んでくれて、スタンプもこっそりおまけでひとつ、余分に押してくれた。

「他の奴も心配してたぞ。ちゃんと顔見せてやんな！　ありがとうございましたぁ！」

去り際も、大きな声で見送ってくれた。冴子が、つい感想を口にする。

「お肉屋さん、最近張り切っていますよね」

「うん……ほら、渋谷さんと仲が良かったから……」

陽子の返答に冴子が眉をひそめた。どういうことなのだろう、と見つけるさんが思っていると、背後から鈴の音がした。

「輝美の遺言が効いているんだよ」

ニィさんの声だった。猫の姿がしっくりくるのか、神主のときより声が元気そうだ。

「数日前に、通夜と葬儀が終わったんだ。そこで、遺言が公開された。渋谷丹治から引き継いだ遺産は全て、商店街の発展を願い、組合に寄付します。……私が死んでもどうか明るくお客様をお出迎えください。丹治と共に見守っています、ってさ」

見つけるさんは、言葉に詰まる。最初から終わりまで、輝美らしい遺言だと思った。

「ねぇ、無言で抱き上げて、そのまま抱き締めるのやめてくれない？」

不満そうな声に、ハッと我に返る。

「……すみません、つい」

腕の力を緩めると、陽子が近寄ってきた。

「ニィさんも、みっちゃんが元気になって嬉しいんだね～」

陽子に頬をつつかれて、ニィさんは身じろぎする。鈴の音色が響き渡ったが、すぐに商店街を行き交う人々の喧騒《けんそう》に遮られた。

輝美を思う寂しさが胸に落ちたが、見つけるさんは強く首を振って、思い直した。

――私も明るく、みなさんを導かなくては。

――大丈夫ですよ！　なんたって私は神様なんですから！　スタンプなんて――

「スタンプ百個くらいすぐに集めて、あっという間に一人前ですよ。余裕です。……みたいなこと、考えてない？」

ニィさんの鋭い指摘に、ギクリと見つけるさんが固まった。

「やれやれ……図星だね。うまくいったあとでも調子に乗らず、気を引き締めないとダメだよ。その様子だと、まだまだボクは気が抜けそうにないね」

むぅ……と見つけるさんが唇を尖らせる。何かを察したのか、冴子が楽しそうに微笑んでいた。陽子はミャアミャア鳴いているニィさんを撫で続けている。

「あの、見つけるさん……ですか？」

その声を聞いて、全員が振り向いた。声を掛けてきたのは、見知らぬひとだった。

「はい、そうですけど……」と、答えた瞬間、そのひとは笑ってくれた。

「よかった！　やっと見つけた！　実は、失くし物をして困っているんです。助けてもらえますか？」

見つけ続けることで、見つけられる存在にもなった見つけるさん。

多くのひとに知られるようになった彼女は、これからも探し続ける。

人々の失くし物と幸せを求める物語は、白猫に見守られながら続いていく――。

あとがき

確か、二〇一六年の冬のこと。デビュー以降、なかなか良い小説を書くことができていなかった私は、仕事の打ち合わせのため、新宿行きの電車に乗っていました。意欲は薄れておらず、落ち込んでもいなかったので、席に座りながら、その日もぼんやりと考えていました。

いったい自分は、どんなものを書けば誰かの役に立てるのか——。

それが簡単にわかれば苦労しない、と心中で苦笑しながら周囲を見回したとき、とある学生さんの姿が目に留まりました。制服を着た女の子です。

彼女は、とても悲しそうな表情をしていました。きっと、何かとても辛いことがあったのだと思います。涙をこらえて、忙しなく自分の手を指で擦っていました。

声を掛けるべきか、真剣に悩みました。それくらい、彼女は思い詰めた様子でした。

悩んでいるうちに電車が止まり、彼女は電車を降りていきます。

その瞬間から、世界が変わったように、私は考え始めました。

——どうにかして、あの女の子の役に立つモノを書きたい。

彼女だけでなく、彼女のように辛い気持ちを抱えて生きている方々はたくさんいると思います。それを上手に隠しながら、みんな生きているのだとも思います。

それでも、その気持ちを隠せなくなるほど、悲しくなるときがあります。

今作は、読み終えたときにそんな気持ちが少し和らいでいてほしい、と願いながら書いた一冊です。

手に取っていただいた方がそういった気持ちになれるよう、祈っております。

共著と評しても言い過ぎないレベルでお付き合いいただいた担当編集のお二人、近《こん》藤《どう》さんと佐《さ》藤《とう》さんには大変お世話になりました。今後ともよろしくお願いいたします。何度も何度も相談に乗っていただいた杉岡《すぎおか》さん、コトノハさんにも感謝しております。たぶんまた助けてもらいます。その際には、よろしくお願いいたします。

執筆中はもちろん、普段の生活を支えてくれる妻にも感謝しています。あなたが失くし物で大騒ぎをしたおかげで、見つけるさんは生まれてきました。次も、何か活きがいいネタをお願いします。

最後に、読者の皆様に最大限の感謝を申し上げます。ありがとうございます。

皆様にどうか、よい風が吹きますように。またお会いできるよう、がんばります。

扇風気 周 著作リスト

神さまの探しもの（メディアワークス文庫）
視ル視ルうちに好きになる（電撃文庫）

本書は書き下ろしです。

メディアワークス文庫

神《かみ》さまの探《さが》しもの

扇風気《せんぷうき》 周《まわる》

2018年2月24日　初版発行

発行者　郡司 聡
発行　株式会社KADOKAWA
〒102 - 8177　東京都千代田区富士見2 - 13 - 3
プロデュース　アスキー・メディアワークス
〒102 - 8584　東京都千代田区富士見1 - 8 - 19
電話03 - 5216 - 8399（編集）
電話03 - 3238 - 1854（営業）
装丁者　渡辺宏一（有限会社ニイナナニイゴオ）
印刷　株式会社暁印刷
製本　株式会社ビルディング・ブックセンター

ISBN978-4-04-893691-0 C0193

メディアワークス文庫　http://mwbunko.com/
株式会社KADOKAWA　http://www.kadokawa.co.jp/

本書に対するご意見、ご感想をお寄せください。

あて先
〒102-8584　東京都千代田区富士見1-8-19　アスキー・メディアワークス
メディアワークス文庫編集部
「扇風気 周先生」係